ビートのディシプリン

BEAT'S DISCIPLINE

SIDE1［Exile］

上遠野浩平
Kouhei Kadono

イラスト●緒方剛志
Kouji Ogata

fortissimo
あらゆるものを貫き通す矛も
いかなる力でも弾き返す盾も
破ることも防ぐことも叶わぬ
〝最強〟と呼ばれる絶対矛盾

それは影のようにつきまとい
悪夢のようにとりとめがなく
人生のように逃げる術のない
〝迂回〟という形の殺人攻撃

roundabout

reset
無理もなく
余裕《ゆとり》もなく
躊躇《ためらい》もなく
論理もなく
説明もなく

容赦もなく
殺意のみが
何処までも追ってくる
落日の如く静かに重い
〝取り消し〟の跫音《あしおと》が

Design: Yoshihiko Kamabe

第一話「拝命と復讐」　19

phase 1 "commanded & avenge"

第二話「追悼と動揺」　71

phase 2 "funeral & shakiness"

第三話「成長と偶然」　119

phase 3 "improvement & accident"

第四話「静止と油断」　173

phase 4 "fixed & careless"

第五話「距離と迂回」　221

phase 5 "distance & roundabout"

第六話「無明と暗黒」　273

phase 6 "starless & bible-black"

おれは緊張の下で己自身を反復するおれは緊張の下で己自身を反復するおれは緊張の下で己自身を反復するおれは緊張の下で己自身を反復するおれは緊張の下で己自身を反復するおれは緊張の下で己自身を反復するおれは緊張の下で己自身を反復するおれは緊張の下で己自身を反復するおれは緊張の下で己自身を反復するおれは緊張の下で己自身を反復するおれは……

――キング・クリムゾン〈インディシプリン〉

それは人里離れた山奥の小屋で、二人の男が交わしている会話だった。

「試練だって？」

「そう、君が君として生きてきたことを不幸と呼ぶのはたやすいが、それは試練と考える方がより適切だ」

「そんな立派なものとは思えないけどな」

二人は奇妙な組み合わせだった。一人は芸術家のような繊細さと大胆さを併せ持った雰囲気の持ち主で、もう一人は少年のような優しげな面持ちなのだが、その肌の色は薄い緑色なのだ。だが彼らにとってはその異様さは互いの関係に何の影響もないらしい。

「試練と言っても、別に立派だったり偉かったりするわけじゃないさ。この世には何の意味もないことしかないのなら、逆にそこに意味を求める者にとってはすべてに意味があるのと同じだということに過ぎない」

芸術家のような男は静かに、やや難解なことを言った。

「悲しいことはただそこにあるのではなく、その悲しさが少しでも世界を前進させるための力になっているかも知れない。だから私はそれを試練と呼びたいんだよ」

「それは人生すべてが、ということかい」

「そう言っても間違いではないと思うね」

男の言葉に、少年のような彼は唐突に言った。

「うらやましいなあ」

「なんだい急に」

「そういう風に思える仁《じん》がさ、僕にはとてもうらやましいんだよ。僕もそういう風に大きな視野みたいなものを持ちたいと思うよ」

「さあね、持っていない方がいいかも知れないがね」

男はやや、悲しげな顔をして苦笑したが、相手の彼の方はそんな様子に構わずにさらに質問した。

「人生が試練だとすると、その行き先には何があるのかな」

「そうだな、私も、ついこの前まではそういうものの考え方をしていた」

「今は違うのかい?」

「ああ」

「なにか悟《さと》ったとか?」

「そうじゃない。むしろその逆だ」

「……?」

「生きていって、さらにその先に目的を求められるほどの余裕がなくなったのさ。生きることそのものが重くて辛いから、既にしてそれが試練になってしまっている感じだよ、今は」

「その試練の先に何かが待っているとも、もう思えないって？」

「それはなんとも言えない。わからない、としか言いようがないな。あるかも知れないし、ないかも知れない――」

「それは、やっぱり前に〝負けた〟経験があるから、軽々しく言えないってことなのかな」

「そうだな。かつての私は、明らかに急ぎすぎていた……やるべきことが目の前にあると信じ込んでしまっていた。それが本当に正しいことかどうか検討が足りなかった」

「僕なんか、その辺はまったく考えなしだったよ。あれもできるこれもできる、って後先《あとさき》考えずにね。それが悪かったのかな」

「どうかな――君はそのとき、楽しかったんだろう？」

「うん。とてもね」

「誰も傷つけずに？」

「と、思うんだけどね。僕も全部を見ていたわけじゃないから」

「それ以外に人生に何を求めるか、って感じだよ、私からすればね」

「まあ、お互いにうらやましいところがあるってことで」

二人は互いの眼を見つめ合いながら笑った。

「——でも、僕はさておき、仁の試練には何か目的があると思うよ。仁は何かに向かっていくような生き方しかできないと思う。たとえ自分ではどこにも向かっていないように思えてもね」

「そうかな」

「そうさ——僕の言葉で言うなら、人の好みっていうのは、大別すると二つのものしかないんだよ」

「二つ？」

「そう——自分でそれを知っているか、自分でもそれを知らないか。〝好み〟の種類ってのはその二つだけしかないんだよ、ほんとうは」

「知っているか、いないか——か。なるほど」

「仁は、明らかにもう〝知ってしまっている〟人間なんだよ、僕から見ればね。だからどうせ——いつかは、何かをしなければならなくなるよ」

「それも試練だな」

「そういうことさ」

「そういう君はどうなんだ。何かをしなければならないとは思わないのかな」

「そうだね、仁の仕事を手伝いたいとは思うけどね……でも」

「そうだな、君ももう、知っているんだな。君がやりたいことを」

「仁から見たら、きっとくだらないことなんだよ。でも、僕はどうしてもそれがやりたいんだ」

「やっぱり、私には君がうらやましいな」

男は心底、そう思うという調子でうなずいた。

そして少年のような彼の方は、かすかに頭を振って呟《つぶや》く。

「……でも、試練か。それは自分がなんなのか知らない者にも訪れるものなのかな？」

「生きていることが試練である以上、それを免《まぬが》れるものはこの世にはいないと思うね」

「でも、僕の反対で、そのやるべきことがあまりにも大きい癖に、自分ではそのことをまったく知らないでいるような人は、そういうときに……どうなるんだろう？」

「どうもならないだろうな」

「というと？」

「知っていようといまいと、彼はいずれその試練に直面する——誰のせいでもない、自分の運命というものと戦わざるを得なくなる。そういう存在は、その戦いの中でやっと己自身を見出すことになるだろう。そう——それは〝カーメン〟とも呼ばれている」

「……なんだって？　ラーメンがどうかしたのかい？」

彼は間抜けなことを言ったが、男の方はそれを正すことはせずに、ひとり囁《ささや》くように言葉を続けた。

「このような戦いには、おそらくあの死神の出番はない……危機に助けに来てくれるわけでもないだろうし、あるいは敵としてとどめを刺しにも来ない……彼は、その試練《ディシプリン》の中で、最後まで自分の力だけで足掻《あが》き続けなければならないだろう——」

ビートのディシプリン

BEAT'S DISCIPLINE

SIDE1[Exile]

【discipline】

鍛錬、訓練、修行、懲罰、試練、秩序……
要するに〝厳しいこと〟〝きついもの〟
といったような意味を表す言葉。

phase1

command & avenge

第一話「拝命と復讐」

1.

その総合商社の巨大な本社ビルは、愛嬌《あいきょう》も何もないただの四角だが、すべてのガラス窓に遮《しゃ》光《こう》塗料がコーティングされているらしく、まるで巨大な墓石か石碑《モノリス》のようにも見えた。まだ建てられてから間もないと見えてやけに綺麗《きれい》だ。せいぜい二、三年といったところだろう。

そのビルの前に、一人の少年が立っている。

「…………」

見たところ十五、六といった感じの、痩《や》せた少年である。褐色の、ややオレンジがかった肌の色は陽に焼けているようにも、地の色にも見える。一見、日本人かどうかわからない。では何人《なんびと》かというと、それもまたよくわからない。

「……建物ばかりデカくすりゃいいってもんでもあるまいによ——」

彼は口の中で囁くと、ビルに向かって歩いていった。

小綺麗なエントランス・ホールも馬鹿みたいに広く、受付があるところまで五十メートルはあった。

そこまで少年はぶらぶらと歩いていく。

警備員が、このどうにも怪しい少年に警戒の目を向けはじめる。

「………」

彼はその視線が気にならないのか、平然とした調子でタイルの床をかちかち鳴らしながらまっすぐに受付を目指す。

「………」

両手をだらりと垂らして、心持ち手のひらを前に向けたり後ろに向けたり、手首を回しながら進んでいる。

やがて彼は、びっちりと〝地味で華やか〟という矛盾するメイクで固めている受付嬢たちのところまでやってきた。彼女たちは、この〝害はなさそうだが、なんだか変〟な少年にどういう表情をしたらよいのかわからず、半端な顔つきをしている。

「あのさあ――」

彼は両手を、まるで「手を上げろ《ハンズ・イン・エアー》」の途中みたいな感じでかざし、おどけた調子で動かしながら喋《しゃべ》りだした。

「ここって――大手なのかな？」

「は？」

「いや、俺もさ、実は結構バカでかい組織っていうか、システムっつーか、そういうもんに所属してんだけどさ、やっぱ肩凝《こ》るんだよね。そうだろう？　あんまりでかすぎると、それに属してるって安心感よりも、自分は一体どういう存在なんだろう？　とか悩んだりしない？　するだろう？」

妙に気さくな調子で、少年の癖に大人の女性に向かって訊《たず》ねかけてきた。

こつこつ、とその爪先《つまさき》が落ち着きなく床をタップダンスのように叩いている音が響いている。

「あ、あの、あなたね——」

言いかけたところで、彼は突然にじっと彼女たちの方を見つめてきて、

「俺の名はビート。世良《せら》稔《みのる》って名前もあるこたあるが、みんなビートって呼ぶ」

と突然名乗って、さらに彼女らの一人を指差して、

「お姉さん、最近急に夜中に目が覚めることがあるだろう？　いけないね、それは昼間、自分でも気がつかない応力疲労《ストレス》がたまっているせいだ。仕事の途中で、ちょっと手が空いたときにかるく背伸びをする習慣を身につけた方がいい。何、五秒とかからない。肩を後ろに伸ばして回して、深呼吸をする程度でいいんだ。負担が腰に来すぎているんだよ。呼吸が乱れている。なんなら今やってもいいぜ。俺は気にしない」

とぺらぺら言った。

ぽかん、と言われた彼女と同僚が口を開けているのにもかまわず、彼は続ける。

「呼吸のタイミングは、吸って、吸って、吐く、という感じだな。これを三回やる。理想は九回やって休んでもう二回やるって感じだが、まあこういった仕事の途中じゃそんなにはできないだろう。うん、でもだいぶ違うと思うよ」

自信たっぷりに言う、その彼の爪先はこつこつ、とずっと床を叩いている。

いったいこの少年は何者なんだ、と受付嬢たちは思った。そして助けを求めるように、少年の背後に来ている警備員に目を向ける。

だが警備員たちは、いつもならすぐに不審者のところに飛んできて肩を押さえるはずの彼らが、何故《なぜ》かこの少年には指一本触れないで、ただぼーっと立っているだけなのだ。

だが、その表情がなんだか異常だった。

全員、歯を食いしばって、脂汗を顔中に浮かべているのだ。まるで必死で前へ進もうとしているのに、身体がびくともしない――そんな感じなのである。しかし別に彼らの前には何の物理的、心理的抵抗などない。

ただ痩せた少年が一人いるだけなのだ。

「鼓動《ビート》――問題なのはそれだ。人間というのは鼓動で動いている。心臓に限らず、身体中の至る所、それこそ脳味噌《みそ》の奥――心の中までも鼓動が息づいている。だから、それに逆らうと、身体も壊れてしまうし、結局は逆らい切ることもできない。むしろ鼓動には自ら乗っていかなきゃ駄目だ」

少年は訳のわからないことを得意そうに言っている。

ぐぐぐ――と彼の背後では警備員たちがひたすらに力んでいる。しかし彼らは少年のところに近づけない。

（——あれ？）

受付嬢の一人は、奇妙なことに気がついた。警備員たちの顔がぴくぴくとひきつっているのだが、その間隔と少年の爪先が床を叩いている「こつこつ」という音が一致しているのである。同じ拍子で、ぴったり合っている。

（——な、なにこれ——〝動《ビート》〟？　〝鼓動《ビート》〟って——）

彼女たちは気分が悪くなってきた。なんだか身体が宙に浮いたような気がして、頭がぐるぐる回っているような、自分がどこにいるのかわからないような気がして、まるで起きながら悪夢を見ているような、ひどく落ち着かない感覚が全身を支配して、叫びだしたくなって——

「——いや心配ない」

そこで少年がにっこり、と急に無防備な笑顔で笑いかけてきたので、彼女たちははっ、と我に返ったようになる。

いつのまにか、少年が床を叩くのをやめていた。

「あ……」

「アポイントメントは、ちゃんと取ってある。企画第五室長の、篠北周夫《しのきたちかお》部長に面会の約束はしてあるんだ。……連絡してくれないかな？」

彼は人なつっこい調子でウインクしてきた。

「は、はい——」

受付嬢の一人があわててインターホンを取る。繋げてみると、確かにそういう予定があったことがわかった。

「し、失礼いたしました――七階の第三ロビーでお待ち下さい」

「どーも」

彼は差し出された通行証を受け取って、警備員たちのすぐ横を通り抜けて、その背中をぽんぽんと叩いたりしながら、エレベーターの方に向かっていった。

「…………」

残された者たちは一様にぽかんとしていたが、なんとなく受付嬢の一人、ビートと名乗ったあの少年に指差された彼女は、彼に言われたように深呼吸してみた。

そして絶句した。

嘘みたいに、ここ数ヶ月間なんとなくつきまとっていた怠《だる》さがさっぱりと消えていたのだ。ひどく爽《さわ》やかな気持ちになっていた。

（……あの子って、一体――？）

そう思ったとき、彼が唐突に皆の方を振り返った。

「ああ、そうそうあんたらさあ――〝カーメン〟ってなんのことかわかるか？」

「――は？」

誰も、何を言われているのか見当もつかなかったので茫然《ぼうぜん》とした。すると少年は肩をすくめ

て、

「知らなきゃいい」

とまたきびすを返した。

そして彼はやってきたエレベーターに乗り込んで、七階のボタンを押した。乗っているのは彼だけだ。

（――しかし）

ビートはエレベーターのランプが上昇していくのを見つめながら、心の中で呟く。

（まっすぐ来ちまったが――こいつは〝相手が待ちかまえている〟状態かな。なあ、モ・マーダーの叔父貴《おじき》よ――）

＊

世良稔ことピート・ビートは合成人間である。

通称はビート。自分でもそう名乗るし、彼の属する統和機構《とうわきこう》の他の者にもそう呼ばれることが多い。

生まれたときのことは、自分でもよくわからない。その辺は普通の人間と同じで、目の前のことを片づけていったら、昔のことはぼんやりとしてしまって、それからやっと過去を振り返る余裕が出てきても、もう自分の出発点のことは忘れてしまっている。一番最初の記憶は、とにかく気がついたときにはもう、他の者たちが作戦の会議をしているときにいきなりそこにいたのだ。

当然のように「おまえはどう思う」とか訊《き》かれて、そして不思議なことに自分でもその質問の答えはわかるので「〜〜だろう」とか答えて、それでそのまま話は進んで戦闘任務に直行、というようなものだった……ような気がする。

刷り込まれている戦闘データとしての記憶と、実体験の記憶の境界線がはっきりしないので、すべてがぼんやりとしている。

だから合成人間ではあるが、彼は、そしておそらくは他のほとんどの合成人間たちも、自分たちがどうやって生まれているのかその方法を知らない。知る術《すべ》もない。最高機密らしいので、ペーペーのピートなどがそれをさぐろうとしたらたちまち反逆者として処理されてしまうだろう。統和機構には容赦《ようしゃ》というものがないのだ。

「……しっかし、まいるよな……」

ピートは一週間ほど前に、その場所にやってきていた。

「……くそ、なんつーか……もうちょっと考えてくんねーかな、あの人も——」

彼はぼやきながらも、その〝待ち合わせ場所〟をぐるりと見回した。

午前中の早い時間に、そこに客はまだほとんどいない。

小さくもないが、大きくもないデパートメント・ストアの軽食コーナーには、どこか心寂《うらさび》れた雰囲気が漂っていた。午後になり、買い物客や学校帰りの子供たちがやってくればそれなりに賑やかになり、安っぽい装飾もむしろ馴染《なじ》みやすいものとなるのだが、今はまだ、ただ薄汚れた印象ばかりが目立つ。

能力を使って、周囲を探る。

不自然でない程度に両手を持ち上げて、ゆらゆら、とかるく揺らす。

（……機械類がレジスターや冷蔵機の他にも数機ある……しかし爆破装置ではない。人間は男が八人、女が三十七人……子供がそのうちの九人。いずれも、普通の呼吸状態で戦闘態勢には入っていない。――そして）

彼の特殊能力は〈ＮＳＵ〉といって、手の皮膚表面で空気振動を感知する、いわば〝振動探知レーダー〟である。人間の心臓の鼓動も感知できるから、何人がデパートのこの階にいるのかもわかる。鼓動からはその人間がどういう心身状態にあるかも、これは訓練と経験によってだいたいわかるようになっている。

直接戦闘用ではなく、どちらかというとバックアップや探索型の合成人間なのだ。

（――やっぱり先に来て、待ってやがったか）

ビートはやや顔をしかめながら、軽食コーナーの隅に眼をやる。

その一画にあるクレープ売場は、そこだけは妙に女の子趣味なかわいらしいカウンターになっていて、はっきり言って浮いていた。

年頃の〝男の子〟なら顔を出しにくいそこに、しっかりと彼を呼びだした本人は何の気後《きおく》れも感じない様子で、しっかりと真ん中あたりの席について、クレープをパクついていた。

相手だって、彼と大差ないような外見なのだ。どうみても少年——ただし、こっちは東洋的な、目つきの鋭い顔つきをしていて、チャイナ服のような身体にフィットした服を着ている。そういう服が似合う。名前はリィ舞阪《まいさか》というが、そっちの名前をビートは呼んだことがない。

彼はビートに気がついて、

「よお、遅かったな」

とクレープを持った手を上げてきた。

「どうも」

ビートはしようがないので、自分も適当なクレープを注文して、彼の所に行った。

「用はなんですか、フォルテッシモ」

「ああ、まあな——」

リィ舞阪ことフォルテッシモはいわばビートの〝先輩〟にあたる。上の地位にあり、直接組んで仕事をしたことも何度かある。極めて優秀で、ただしかなりの気分屋で、何を考えているのか推し量れない人物である。

「おまえ、今は待機任務中だったよな？　社会に溶け込んで、怪しい奴をアテもなく捜している途中……要するに暇だろう？」

「あんまし暇でもないですけど——まあ、そうです。そんなトコです」

「ならよ、ちと仕事を振りたいんだがな」

「仕事？　新しい任務ですか」

と訊いても、フォルテッシモはすぐには答えずに手にしたクレープを食べる。それはピーチコンボとかいう名前の奴で、何故だか知らないがフォルテッシモはこの軽食コーナーの、そのクレープが大好物なのである。

（ひとは見かけによらないというが——）

この場合は、フォルテッシモの少年にしか見えない外見とはそれほど意外性がなく、しかしその〝正体〟から見ると奇妙という、二重の不思議さがある。

能力で探ってみても、この男にいつも〝氷よりも冷たい平常心〟と、〝火のように熱い闘志〟の鼓動しか感じられないので、色々なことに煩《わずら》わされているこっちが惨《みじ》めになる。

（——やれやれ）

ビートはあきらめて、フォルテッシモが食べ終わるのを黙って待った。

そしてクレープが彼の手の中から消えると、やっとフォルテッシモはビートの方を見て、

「おい」

と言ってきた。やっと話かと思って「はい」とうなずくと、フォルテッシモは、

「それ、食べないのか?」

とビートの手の中のクレープを指差した。

ビートは少し無言だったが、やがて、

「よろしければ、どうぞ」

と、彼自身は確かに食う気のなかった抹茶《まっちゃ》ラズベリーというなんだかわからないクレープを差し出した。

「ありがとよ」

フォルテッシモは三口くらいでそれをぺろりと平らげてしまった。

「なかなかいけるな――初めて食ったが。これからはこいつも頭に入れとこう」

うんうん、と一人でうなずいているので、さすがにビートもイライラしてきた。

「あのですね、フォルテッシモ――」

「カーメン」

いきなり言った。

「……は?」

「わかっているのはそれだけだ。〝カーメン〟……それを、これからおまえに探ってもらいたい」

「なんですかそれは？」

ビートは面食らった。

「俺も知らない」

「……はあ？」

「俺も、それだけしか知らされないで任務に入ったからな——だが、ちと他に用ができてな。かまっていられなくなった。だからおまえに振ることにした」

さらりと言ったので、一瞬ビートには相手の言ったことの意味がはっきりとは掴《つか》めなかった。

だがすぐに気がつく。

「——ち、ちょっと待ってくれ。今、あんたなんて言った……？」

ビートは混乱しないように、慎重に言葉を辿《たど》る。

「〝任務に入った〟のに〝他に用事ができた〟ので俺に〝振る〟……？」

「ああ」

フォルテッシモは簡単にうなずいた。

「そ……そりゃつまり——」

ビートは顔を真っ青にしながら震える声で言う。

「——に、任務放棄じゃないか！　第一級反逆行為だぜ！」

言われてもフォルテッシモはニヤニヤしながら、

「声がでかい。周りに聞こえるぞ」

と言うだけだ。

あわてて口を閉じる。だが他に客はなく、店のカウンターでは暇な担当者があくびをしていた。

「――ど、どういうつもりだよ？」

「どうもこうもない。俺としては絶対に逃せないあることの手がかりを摑んだ――だからそっちを優先することにしたんだよ」

「な、なんだよそれ？」

「屈辱《くつじょく》を晴らすチャンスだ。だがそいつには隙がほとんどなく、抜け目なくてな――見つけられるかどうかわからん。本腰入れてかからないと無理だ。だから――任務どころじゃないのさ」

言いつつ、フォルテッシモの眼がぎらりと不気味に輝いている。この〝先輩〟のこんな眼を、ビートは以前には見たことがなかった。まるで砂漠を三日もさすらっていた男がオアシスを見つけたときのような、乾きと飢えにギラついたような眼を――。

「何の冗談だよ？　〝最強〟のあんたがまさか、誰かに負けたことがあるとでも言うのか？」

「ビートよ――世界ってヤツは結構、底が知れねーもんだぜ」

フォルテッシモは肩をすくめながら、やれやれと首を振った。

「で、でも――それで俺に〝振る〟って――じ、じゃあ俺もあんたの反逆行為の巻き添えになっちまうじゃねーか！」

「まあ、そうだな——ただし、おまえが任務を達成できれば別だ。これは共同作戦ということになって、無事にコトは済む。俺としても、別に好んで波風を立てようって気はないしな」

それは絶対に嘘《うそ》だ、とビートは思った。この男は無敵の強さ故に人生に退屈しており、むしろトラブルを歓迎している節《ふし》があるのだ。今回のこれだって、面白がっているに違いないのである。

——しかし、そんなことは口に出せない。フォルテッシモの怒りを買って、簡単に殺されてしまったヤツは数知れないという。

しかし、それでもひとつだけ訊いておいた方がいいことがある。

「……なんで、俺なんだ？」

それがわからない。

「ああ——」

フォルテッシモはゆったりとした笑みを顔に浮かべた。

「それはだな——おまえには見込みがあるからだよ」

「はあ？　なんのことですか？」

「なあピート・ビートよ、おまえは一度も俺の前で〝本気〟の能力を見せたことがないだろう」

ぎくり、とした。図星《ずぼし》だったからだ。

「……なんのことですか、そりゃ？　俺の能力はあんたも知ってるよーに〝NSU〟のひとつきりで――」

「それはそうだろうが……おまえはそれの、本当の使い方を隠している。おそらくは統和機構にも、な。いやいや、別にそれを責めているんじゃあない――逆だ。だからこそ、俺はおまえを見込んでいる」

「…………」

「おまえはひょっとすると……いずれは〝俺の相手〟になれるかも知れないと見ている。俺の戦闘能力に匹敵するだけの力を――今はまだ未熟だが――成長して、獲得してくれるのではないか、と睨《にら》んでいるんだよ。だから――おまえなのさ、ピート・ビート」

フォルテッシモの口元はニヤニヤしているが、その眼光だけはまるで刃《やいば》のように鋭く、遠慮なく、ピートの顔面に突き刺さってくるようだった。

「……買いかぶりですよ、そいつは」

弱々しい声で言ったが、フォルテッシモはこれに反応せず、

「――もうひとり、それができそうな奴がいたが……あいつは行方《ゆくえ》知れずだ。とりあえず今、統和機構にいる奴ではおまえがもっともその見込みがある」

と淡々と言うだけだった。

「だから……おまえには試練をくれてやる。こいつを乗り越えて、さらに強くなることを期待

しているぞ」

言いながら、視線が一瞬たりとも外れず、ビートの方も逸《そ》らすことができない。

「……断ったら？」

「今ここで、おまえは死ぬことになるな。まだ俺とやり合える強さは持っていないだろう」

すごくあっさりと言うので、言われている本人以外にはこれが〝脅迫〟だとは誰にも思えないだろう。

しかもそれが、掛け値無しの本気である、ということも。

「……選択の余地無し、ですか」

引き受ける以外に道はなかった。ビートも命は惜しい。

「まあそうしょげるなよ。こいつはAクラスの任務なんだ。果たせば統和機構の中枢《アクシズ》に評価されるかも知れないぜ」

フォルテッシモはけらけらと笑った。ビートが承認したのを理解したのだ。

「それに――こいつはおまえにも、必ずしも強要するだけじゃない〝動機〟のある任務だ。こいつにはどうやら〝佐々木政則《ささきまさのり》〟が関係していたらしいからな」

言われて、ビートの顔色が変わる。

「……叔父貴が？」

「おまえの戦技指導担当だったよな、死んだあいつは――」

「そ、それは本当にあの〝モ・マーダー〟の佐々木政則なのか？」

「興味が出てきたようだな――」

フォルテッシモは満足そうにうなずいた。

「ヤツが死んだ病院のことをとりあえず調べてみろ。俺はそこまでしかやってない。後は任せる」

「…………」

簡単に言われるので、さすがにビートも少し腹が立った。彼はフォルテッシモの服装に眼をやり、そして言った。

「――そのペンダント」

「あ？」

フォルテッシモはきょとんとした。

「そのペンダント――趣味悪いですよ」

フォルテッシモの胸元にはエジプト十字架というのか、T字型をしたペンダントがぶら下がっていたのだ。

ほとんど言いがかりに近いいちゃもん付けであった。腹の虫を少しでもなだめるための遠吠えだ。

ところがこれに、フォルテッシモは意外な反応を見せた。心底苦り切ったような表情になり、

「――知ってるよ」

と忌々《いまいま》しそうな、ガキっぽい顔つきになったのだ。

「へ？」

「とにかく、おまえに任せたからな」

ごまかすように言うと、フォルテッシモはつい、と指先をかるく空中で振った。

すると次の瞬間、ぐわしゃんというけたたましい音と共に二人の背後のテーブルがひっくり返った。

「――?!」

あわてて振り向いたビートは、そのテーブルの足がまるで鏡のように綺麗な断面をさらして切断されているのを見た。

「な、何したんですか?!」

店員が飛んできた。

「な、何にもしてない。そのテーブルが突然に――」

と言いかけて、ビートははっとなって振り向いた。

フォルテッシモの姿は既に、影も形もなくなっていた。

2.

数年前、任務の途中で謎の死を遂げたモ・マーダーは生前ビートによくこんなことを言っていた。

「もしも追いつめられて、絶体絶命になったとしたら、そのときに信じられるのは自分の技術だけだ。たとえその能力が敵にまったく歯が立たなかったとしても、それでも頼れるのは不屈の闘志とか他の強力な武器などではなく、あくまでも身につけて馴染んでいる技術の方なのだ。その技術で何ができるか、それを見つけられるかどうかが勝負を決める。そして、もうひとつ——決して相手が待ちかまえているところには足を踏み入れないことだ。これは裏を返せば、強い相手であっても準備を整えておけば、誘い込んで倒すことは充分可能だ、ということでもある。わかるか、ビート君？」

はっきり言って、あまりわかりやすく教えてくれる先生ではなかった。しかし優秀だった。自分がこの暗殺者に襲われたら、絶対に助からないだろうな、とビートは思っていたし、今でもそう思う。

しかし、そのモ・マーダーもまた何者かに殺された。

（——相手が待ちかまえているところに入っちまったのかい？　叔父貴よ）

佐々木政則はモ・マーダーの偽名《ぎめい》で、それは戸籍上ではビートこと世良稔の叔父ということになっていた。ある意味では、それがカモフラージュであっても唯一の肉親だったことになる。一般人向けには首吊り自殺と情報操作されたが、実際のその死は謎だらけだ。腹部を貫通するでかい傷が致命傷だったが、さらに高所から落とされた衝撃で色々な痕跡が破壊されてしまったので、どんな攻撃を喰《く》らったのかよくわからない。

現場近くには死体があったが、これはモ・マーダーの能力によって殺されていることがわかっている。そして遠く離れた場所で、その死体発見現場である病院に勤務していた女医の死体が見つかっているのだが、これはどう調べても死後一月《ひとつき》は経っているほどに死体が痛みきっていたわりには腐敗が少なく、冷凍でもされた後に放置されたのではないかとさえ思われたがその痕跡はない。しかもこの死体は片腕と首が切断されていたのだ。腕は無理矢理もぎ取ったような乱暴さなのに対して、首の方はまるでレーザーで分断したかのようになめらかな傷跡だったという。

この死体とモ・マーダーとの関連は不明だが、ただ事でないことが起こっていたのは確実である。だがその後の調査で、何かが出てきたという話は聞かない。

ビートはその調査には加えてもらえなかった。私情でも挟《はさ》まれたら困ると判断されたのだろう。

（……しかし）

それが何年も後の今頃になって、しかもフォルテッシモの気まぐれで自分に回ってくることになろうとは――。

（調べろって言われてもなあ……）

もうその病院自体は何年も前に閉鎖されている。たぶん事件の後始末に統和機構に潰《つぶ》されたのだろう。

その際に、まだ入院中だった患者たちが他の病院に移っていったという話があったので、ビートはまずその辺から当たることにした。

その初老の男は終始びくびくとしていて、すがるような、捨てられた子犬のような眼をビートに向けてきた。

「……わ、私なんかのことを統和機構はまだ覚えていたんですね。もう何年も何の音沙汰《おとさた》もなかったから、切り捨てられたかと思ってた」

男は医者だという。合成人間ではない。統和機構に属する者の大多数を占めるであろう普通の一般人と同じ立場の構成員だ。情報を提供したり、ごくわずかな協力を要請されたりするだけの、本当に〝末端〟の人間である。

「……まさか、あなたは私を殺しにきたんじゃありませんよね？」

演技でビクビクしているのでなく、本気で怯《おび》えきっていることはビートには能力でわかる。

〝萎縮《いしゅく》〟と〝不安〟の鼓動がうるさいほどに明確だ。

「そうじゃないが……あんたはなんか、過去に処分されるような過失をしているのか？」

「ご存じありませんか？　例の〝集団昏睡《こんすい》事件〟を？　私の目の前で起きていて、勝手に解決してしまって……何もできなくて――」

うなだれてしまう。しかしビートにはそれが深刻なことかどうかわからないし、自分には関係ないことなのでどうでもいい。

「知らないな。しかし、あんたは生きているんだから、とりあえず問題にはされなかったんだろう」

「とりあえず……ですか」

男はおどおどしている。ビートは面倒くさくなってきたので彼をなだめるのはやめて、用件にさっさと入ることにする。

「あんたのトコでは、しばらく例の病院からの患者をあずかったんだろう？　その中に不審な奴はいなかったか？」

「……その直後あたりに、昏睡患者たちが入院してきて、私はそっちの方の観察に行ってしまったので……その、詳しくは」

怯えながら、上目遣いにビートの様子をうかがいながら喋るので、言葉がもたもたしている。

だんだんビートはイライラしてきた。

「別に異常があっただろうと詰問している訳じゃない。なきゃないでいいんだよ」

「ああ——そういえば一件ありました。でもあれは患者の方の問題というわけでもなかったから……」

「あるのかよ？　——いいから、それを教えてくれ。とりあえず情報はなんでも欲しい段階なんだよ」

「は、はあ。いやその……カルテの記載ミスなんですが」

「カルテの？　誤診か？」

「というか——糖尿病の患者だったんですが、カルテの数値を見ると、もう死ぬ寸前というような状態だったんです。でも本人を調べたらそんなこともなくて、ごく軽い症状でした。それで本人に〝あんたはもう死んでるはずだぜ〟と言ったらびっくりしてました。向こうの医者にそんなことは言われたことないって答えまして、これはやっぱり記載ミスだったんでしょう。そのカルテはミスの因《もと》なのですぐに処分してしまいまして、誰が書いたか名前は書いてありましたが、もう何年も前ですから、その——」

「……本人はもうぴんぴんしてたのか？」

「もともとそんなに深刻な症状でもなかったんですよ。学習入院と言いまして、糖尿病患者は治療のために生活習慣から変えなきゃなりませんから、それを教えるためのものなんです。いわば合宿みたいなもので」

「しかし、向こうの病院でも入院していたんだろう？　学習のためだけに、他の病院にまで移ってくるか？」

「学習と言っても検査もありますから……そういうものが残っていたんでしょう、おそらく」

「ふむ……」

ビートは少し考えた。おそらくこの医者の言うことには嘘も無理もないのだろう。だが何かが引っかかる。死んでいたはずなのに、死んでいないというところが——。

「その患者はどんなヤツだ。今どうしている？」

「どこかの企業の、たしか中間管理職だったようですが。資料が残っていますから、当たればすぐにわかります」

「頼む」

言って、それからふいに思いついて、

「……その患者は、向こうの病院で精神科の診察を受けていたか？」

と訊いてみた。

「は？　どういうことです？」

「そういうことはあったのか？」

「え、えーと……そういえば確か〝要カウンセリング〟とカルテには書かれてあったような気がします。大した症状でもないのに変だな、と思いましたが、まあ患者がくよくよするのはいつものことなので――それがどうかしたんですか？」

「いや……」

ビートはかすかに首を振って答えない。しかしなんとなく感触を掴んだ気がした。

変死体で発見された女医というのは、精神科の医師だったのだ。

（……とはいえ）

果たしてこういうことが、本来の任務にどう関わってくるのかはまだ見当もつかないが。

「なあ、あんたは〝カーメン〟という言葉のことを知っているか？　聞いたことがないか」

「……なんですか、それ？」

「知らなきゃいい」

3．

篠北というのが、その問題の患者の名前だった。

篠北周夫。年齢は四十二歳。結婚はしていたが離婚。子供は妻の方が引き取ったので入院当時から既に一人暮らしだった。

企業というのはもしかすると、一時期に統和機構が主としてカモフラージュ用に使っていた企業ＭＣＥのことかとも思ったがそんなことはなく、いわゆる一般的な総合商社だった。

手掛かりのなさにやや焦《じ》れていたビートは、ここは思い切って行くことにした。

直接、篠北本人に電話を入れたのである。

『私だ』

電話にはすぐに、本人が出た。そうに決まっている。それは専用の携帯電話への回線だからだ。関連取引先の会社を探ってナンバーを調べるのは造作もなかった。

「あ、どーも。篠北周夫さんですね？」

『そうだ。そちらは？』

「一時期、県立総合病院に入院されていた篠北さんに間違いありませんよね？」

『君は誰だ。声に聞き覚えがないが』

「いや、あなたは俺のことは知りません。名前は世良って言います」

『何の用だね。どうしてこの番号を知っている？』

ビートはこの問いに答えずに、逆に訊いた。

「あなた、なんで生きているんですか？」

『……どういう意味かね』

「だってあなた、本来なら死んでいるはずじゃないですか。それだけの病気にかかっていたはずです。カルテの記載ミスなんてのは嘘でしょう？」

ずばりと核心を突いてみた。

篠北周夫は入院時、それが原因かどうかわからないが一時期降格処分にあっている。だが復帰後にまた成績を伸ばして、さらに出世を遂げている。

そして、調べてわかったのだが入院は決して学習入院ではないようだった。詳しい資料がもはや存在しないのでなんとも言えないが、少なくとも半年以上も潰《つぶ》された病院に入っていたらしいことがわかった。重度の症状でもない限り、そんなに入ってはいない。

なにかがあったのだ。その入院しているときに〝なにか〟が。

『………』

しばらく、返答が戻ってこなかった。しかしその間にビートは、自分の疑念は正しいことを確認した。言葉は返ってこないが、かすかに聞こえる息遣いの鼓動から、相手が痛いところを突かれた状態になっていることがわかったのである。

やがて声が聞こえてきた。

『……君は何だね。何が目的だ?』

「ちと調べものをしているんですよ。あなたなら〝カーメン〟のことを知っているんじゃありませんか?」

単刀直入に訊いてみると、今度は予想外の反応が返ってきた。

『……ふふふ』

笑い声がした。それは、本気で相手を馬鹿にしている、そういう笑いだった。

「何がおかしい？」

『はっきりしていることがひとつある。君はどうやら〝カーメン〟のことを根本から誤解しているらしい。忠告する。そのことについて考えるのをやめたまえ。君には過ぎたことだ』

ハッタリではない気配しか、その声には感じられない。

「そうも言ってられないいんだよ。こちとら生命がかかっているんでね」

『死ぬことよりも恐ろしいことも、この世には存在するんだよ、世良君』

「あんたはそいつをくぐり抜けた、ということか？　だったら是非とも、そのことをご教示願いたいもんだ」

『……それほど言うのならば、君に〝カーメン〟の何たるかを教えてやろう。明日、午後三時に私の会社を訪ねてくるといい――多忙な身だが、特別に時間を割《さ》いてあげよう』

「それはどうも、ありがとさん」

電話は向こうから一方的に切られた。

「――ちっ」

ビートは舌打ちした。どうも真《ま》っ向《こう》から行きすぎたらしい。まさかこうも大当たりだとは思っていなかった。しかし――

（毒を喰らわば皿まで、だ――）

誘いとしか思えないが、向こうはこの任務の目的そのものを知っているらしいのだ。行かないわけにはゆかなかった。

＊

会社に出向いたビートは、〝能力〟でかるく罪のない受付嬢たちをからかって遊んだ後で、いよいよ問題の、指示された本社ビル七階のロビーに向かった。

（――よし）

上昇していくエレベーターの中で気合いを入れ直す。今使ってみたが、能力の方も絶好調だ。どんなかすかな鼓動も見逃さない自信がある。来るなら来い、という感じだった。

七階というのは、なんだか他の階に比べて妙にがらんとした所だった。広いロビーの間に柱が立っているだけで、他のものがほとんどない。待ち合わせや会合に使うにはあまりにも閑散としすぎるイメージの場所だ。

（全社集会かなにかにしか使い道がないんじゃないのか……？）

学校の講堂を連想したので、そんなことを考えた。

そのとき、新たなエレベーターがこの七階に停止して、ちん、と音を立てた。篠北周夫の到着だ。

ビートは振り向いた。

「よお、篠北さん――」

言いかけた、その顔が強張《こわば》る。

「やあ、世良稔君――」

篠北は穏やかな声で言った。

だがその手に握られているのは、大口径の拳銃だった。

銃口はぴたりと、ビートの方を向いていた。

「………」

ビートは動かない。相手の狙いは正確で、そして殺気にためらいはない。動けば撃たれる。

それは確実だった。

ゆっくりと両手を上げた。

「世良君、いけないね君は――某《ぼう》私立高校に在籍していながら、君は一度も学校に行ったことがないじゃないか。なぜか名簿に名前は載っているが、教師は出席を取らず、まったく授業も試験も受けないのに除籍にもならない――実にけしからん話ではないかね？」

篠北はエレベーターから出てきて、こっちの方に歩きながら薄い笑いを浮かべて言った。どうやら向こうもこっちのことを、わずかに名乗っただけなのに調べ上げてしまったようだ。

「――その銃。反動がデカいんじゃないですか。片手で持ってて、撃てますかね？　脱臼《だっきゅう》しても知りませんよ。不法所持だし、もしかして粗悪品だったりして。試し撃ちしましたか？」

時間を稼ぐために、余計なことを言ってみる。

「じゃあ、今ここで試してみるかな？」

篠北はせせら笑っている。得意満面、そんな感じだ。

普通の街の、普通のビルの、そのど真ん中なのに——銃を突きつける奴がいて、目の届く範囲には誰もいない。がらん、とした空間は、周辺から隔絶していた。

「〝カーメン〟に近づくものには〝死〟あるのみだ。世良君」

ビートは、ふう、とため息をひとつ付いた。

「——なんのためにこんなロビーが七階なんて半端なところにあるのかと思ったが……なるほどな。こういうときのためだったわけか。会社の方をどうやって騙《だま》しているんだ？　下にいた受付や警備員には、こういうことになっていると知ってる奴はいなかったぞ」

「別に騙しているわけじゃない——ただ黙っているだけだ。このビルを建て替えるときに、設計業者と折衝《せっしょう》したのは私だった、それだけのことだ。君も大人になればわかる——みんな、自分のことで精一杯で、他の所で何が起こっているかにはあまり興味を持たないものなのさ。もっとも——」

にやりと笑われる。

「君に、これから大人になるだけの時間が残されていれば、の話だがな」

「へいへい、そーですか——」

ビートはふてくされたように言うが、しかしその爪先が、さっきから小刻みに——目立たぬ程に小さく、しかし確かな間隔で床を叩いていた。

リズムを刻んでいる。

そのリズムは、微妙に、篠北の口から漏《も》れている呼吸のそれとシンクロしている。しかしわずかなズレもあり、そしてそのズレが、ぴく、ぴくっ、と痙攣《けいれん》するように大きくなっていき、そして——

「……うっ?!」

篠北が呻《うめ》いて、そして銃を取り落とした。

「なんだと……?」

身体がほとんど動かなくなっていることに、篠北は気がついた。

「ぬ——いつの間に、こんな……?」

腰を曲げることもできない。棒のように突っ立っているだけだ。

「——さて、と」

ビートはゆっくりと彼に近づいていき、そして銃を拾い上げた。

「説明がいるかい、篠北さん?」

「…………」

「肉体を把握するにあたって——肝心なことは鼓動《ビート》なのさ。そしてその鼓動に、よく似たリズムをぶつけてやると、肉体は共鳴現象で反応する——ほら、よく音楽に乗って自然に身体が動くって言うだろう？　あれだよ——もっとも、この場合は相手の鼓動にズレた不協和音を乗せて、動かすのではなく逆に固めてしまうんだけど、ね——」

これが、ビートの能力〝NSU《ビート》〟である。先天的にはただの振動感知能力なのだが、それを利用して相手の弱点となる鼓動を発見し、制御してしまう技を編み出したのだ。

自分の持っている能力でなにができるかを考える——モ・マーダーが彼に教えたことである。

「ぐ……」

「さて、それでは教えてもらおうか——あんたは何を知っているんだ？」

ビートは銃をかまえて、相手に向け返してやった。

「…………」

「口の自由までは奪っていないから喋れるはずだぜ。……〝カーメン〟てのはいったい何なんだ？　組織か？　それとも特殊な能力を持っているリーダーのことか？」

鋭い口調で問いつめた。だがこれに、篠北はそのぎくしゃくとしか動かない顔を歪《ゆが》めて——

再び、ニヤリと笑った。

「……君は、なんにもわかっていないな……」

「なんだと？」

「〝カーメン〟とは——〝概念〟だ。君が考えているような、そんな下らぬものとは次元が違うのだよ――」

「概念？　なんのことだ？　いったい何を言っている？」

ビートは、ちっとも怯《ひる》んでいない篠北に、やや苛立《いらだ》ちはじめた。

「……なるほど、この人間の肉体動作を封じる技術は見事と認めよう……だがこんなものは、しょせん私があの病院で遭遇した〝恐怖〟に比べれば、なんということもない……〝鼓動《ビート》〟だと？　ふふん、そんなものは――」

篠北はがくがく、と激しく痙攣《けいれん》しながら、無理矢理に、銃をかまえていた姿勢で固まっていた手を動かして、頭の横にまで持ち上げる。

「――お、おい無駄なことはするな！　妙な動きをするんじゃねえ！」

ビートが銃をかまえ直してさらに威嚇《いかく》するが、篠北はそれにまったく反応せずに、がたがたと震える手を手刀《てがたな》にかまえると、おお、なんたることか――その切っ先を自らの頬にぐさりと突き立てたのだ。

ずぼっ、という音がして、指先は彼の頬を貫通した。

「――なっ?!」

ビートは驚愕《きょうがく》した。だがそんな余裕は、彼には許されていなかった。

篠北は次の瞬間、ビートの呪縛《じゅばく》から解き放たれて、床を蹴って飛びかかってきていたからだ。

自らを一撃することで、そのダメージから鼓動のペースを無理矢理に変更してしまったのである。攻撃を受ければ、どんな生物の心臓でも高鳴る——そうなればビートの不協和音との共鳴は崩れ去ってしまうのだ。

（——しまった！）

ビートはあわてて銃を撃とうとしたが、遅すぎた。

篠北の、常人離れした速度の恐るべき蹴りがビートの腹部にめりこんで、彼を吹っ飛ばしていた。身を逸らしていたのでダメージは半分以下だったが、それでも内臓が軋《きし》むような重さが、ごりっ、とねじ込んできた。

「——がっ！」

血反吐《ちへど》がビートの口から迸《ほとばし》る。

（——こ、このパワーは——こ、こいつっ！　まさか、もう……?!）

ぶっ飛ばされながらも、ビートはその訓練された体術で必死に体勢を立て直す。

銃を両手でしっかりとかまえ直して、敵に狙いを定める——その瞬間、ビートはしまった、と悟った。

篠北が笑っているのを見たのだ。

それは明らかに、待っていた、顔つきだった。

「——！」

とっさに手を離していたが、遅すぎた。もう引き金は半分以上引いてしまった後だった。

銃が、暴発した。

閃光《せんこう》と衝撃がビートの身体を襲った。一瞬早く投げていたので、両手が吹っ飛ぶといった事態は避けられたが、しかし――

「うう……！」

ビートはぶざまにもごろごろ転がって、とにかく敵との間合いを取った。逃げた。

「……ううう！」

起きあがる。

そのときには、もう敵の姿は見えなくなっていた。

ロビーに点在する、柱の陰に隠れてしまっていた。

しかし、ビートは……その感知能力は、銃の暴発で手が痺《しび》れてしまっていて、使えなくなっていたのだ。じんじんと響いている。一時間以上は、繊細な能力の回復は望めまい。

「――――」

完全に……してやられた。

向こうは銃など使うつもりがなかったのだ。最初からビートに奪わせるつもりだったのである。

それで能力を封じるために……！

「……しかも、か」

しかも、襲ってきたあの動きを見て、ビートにはわかっていた。

相手はもう、人間をやめている……！

戦闘用合成人間並みに、反応速度が速いあれは、いわば〝改造人間〟といった存在であるのは間違いない。

ちっ、と舌打ちしながら、ビートは周りを見回した。彼がいるのはロビーの真ん中で、近くにはエレベーターシャフトも階段もない。逃げることはできそうになかった。出口に移動する途中で、柱に隠れていた篠北に攻撃されて、やられてしまうことは確実だった。

「――だが、なんとなくだが……わかってきたぞ」

ビートはぼそりと呟く。

「モ・マーダーが何と戦っていたのかは知らないが……そいつは〝カーメン〟それ自体ではないな？」

〝…………〟

反応はない。だがビートはかまわず続ける。

「あんたの、そういった〝戦闘能力〟――その手の方向の〝改造〟に関しては統和機構は抜け目がないんだ。〝カーメン〟がそういう設備なりなんなりを持っていたら、かならず統和機構も知っている――だがそんな事実はない」

フォルテッシモですら、名前以上のことはわからない、と言っていたぐらいだ。

「ということは、あんたが〝カーメン〟に会ったのは例の事件の後ということになる……あんたは、モ・マーダーが戦っていた相手、あの病院にいた何者かになにかをされていたんだ。そいつは統和機構と戦おうとしていたが、途中で失敗した。そしてあんたはそれに取り残されちまったんだ。そこを〝カーメン〟とやらに拾われた——そうだろう？」

ビートの、その爪先がこつこつと床を叩きはじめる。

〝……だから、なんだというのだ？　それが正しかったとして、一体なんだというんだ？〟

やや、焦れたような声が返ってきた。しかし反響があるのでどこから話しているのかわからない。

「〝カーメン〟——そいつが統和機構のことを深く知っているのは確かだ。俺のことも知っていたしな——だがそいつは、それ自体では表には立たないんだ。だからあんたみてーに、他所で取りこぼされたよーな連中を前に出してくるってわけだ。はは、お互いに悲しい〝道具〟ってわけだな？」

ビートは、その爪先はさらにリズムを刻んでいく。

〝貴様《ビート》が何を一人合点しようが、そんなことはもう何の意味もないことだ。さっきからまた、例の鼓動とやらをはじめたようだが——その能力は、相手の鼓動がどんな状態にあるか感知していなければ、ただの足踏み《タップ》に過ぎないんじゃないのか？　虚仮威《こけおど》しにもならんぞ〟

そう、

その通りである。

もはや、今のビートには相手の鼓動を制御することはできない。完全に追いつめられている。

だがそれでも、ビートの顔には焦りも恐怖もなく、リズムを刻むこともやめない。

そして何より奇怪なことは――

「……く、くくっ――くくくっ……」

彼は、その唇の端が吊り上がっていることだ。目がギラギラと輝いて、頬が痙攣するようにわなないている。

「……くっくっくっくっ、ふふ、ふははっ！」

彼は笑っているのだった。

待ちこがれていた合格通知を受け取ったり、ギャンブルで大当たりを取ったときのような、心の底からの笑いを、顔いっぱいに広げているのだった。

「ふはははははははははっ！　ははっ！」

笑いながらも、リズムステップはまったく途切れずに続けている。

そこに、予告なく攻撃が来た。

背後に回っていた篠北が、いつのまにかその手に大型のナイフ――いや、それはもう刀と言った方がよい武器を振りかざして、奇襲してきたのだ。

このロビーに立っている〝柱〟――それは隠れるための物だけでなく、武器庫としても存在していたようだ。

「――！」

ビートはすぐさま反応してかわすが、遅い。相手の速い踏み込みに逃げ切れず、胸にばっくりと大きな傷を受けた。

敵は深追いしてこずに、またすぐに姿を隠す。

ビートは胸の傷を押さえるが、そこからは血があふれ出てくる。かろうじて致命傷は避けたが、決して浅い傷ではない。

「――ふ、ふふふふ……！」

だが、それでも彼は笑っている。

リズムステップを刻むのもやめようとしない。

〝……何がおかしい？　なぜ笑っている？〟

遂に、敵の方から訊いてきた。ビートは時間が経つほど、出血《ダメージ》が増えていくのだから時間稼ぎという手では最早《もはや》あり得ない。

「モ・マーダーは……俺の叔父貴は殺し屋だった」

ビートはぼそぼそと、かすれるような声で話し出した。

「人殺しだ。大勢の罪のない人たちを殺していた。その中にはきっと、絶対に殺してはいけなかった人もいたに違いない――取り返しのつかないことをやっちまっていた。だから殺されたのは当然の報い——そうとしか言いようがねえ……」

それは果たして、敵に向かって言っているのか、それとも譫言《うわごと》なのか定かでないような調子だった。

〝……何を言っている？〟

「……だから恨みはない。どうしたって俺が報復を考えるのは逆恨みだからな——死んじまったことはもう、仕方がなかったと割り切っている——だがな、それでも、よ——」

ビートの顔に、さらに凄《すさ》まじい殺気じみた笑みが浮かんだ。

「——その〝関係者〟が、わざわざ敵として出向いてきてくれてるんだぜ……さあ〝仇《かたき》〟を討ってくれと言わんばかりに、よ——これが笑わずにいられるかよ！」

言い切ったのと同時に、ステップが停まった。

しん、とロビーに一瞬の静寂が落ちる。

そしてしばしの間の後、篠北が、奇襲ではなく、柱の影からゆっくりとその姿を現した。

ビートの真っ正面である。

その両手には、それぞれ剣を握っている。二刀流だ。

「………………」

殺気に満ち満ちた眼で、ビートを睨《にら》みつけてくる。

「——————」

ビートも、その視線を真っ向から受けとめて怯まない。そんな彼に篠北が話しかけてきた。

「――貴様にわかるものか。あの病院に存在していた〝恐怖〟がどれほどのものだったか、理解できるはずがない。もし〝カーメン〟を知らなければ、私は自分が強化されていることにすら気付かぬまま、廃人となり果てていただろう――〝仇討《あだう》ち〟だと？　そんな脳天気な概念など、あの場所ではまったく無意味だ。――貴様のくだらない叔父とやらが〝あの女〟にどんな殺され方をしたのか知らないが――ははは、ざまをみろ！　いい気味だなと言わせてもらおう！　私がこの手で殺せなかったのが残念なくらいだよ！」

「――〝あの女〟というのは、来生真希子《きすぎまきこ》という死んだ女医のことか？」

その名を出した途端に、篠北の態度が豹変《ひょうへん》した。

顔が真っ青になり、ぶるぶると小刻みに震えだしたのだ。恐怖が甦《よみがえ》りかけていた。だが、すぐに震えは停まり――

そして次の瞬間、篠北は床を蹴っていた。

恐るべきスピードで迫ってくる。

「――シイヤアアアアアアアアアアアアッ！」

甲高《かんだか》い雄叫《おたけ》びと共に、二本の剣が目にも留まらぬ速度で旋回しながら襲ってきた。

「――――」

だがビートは、これを避けない。

その必要はない。

既に、彼は仕込みを済ませてあった。

剣が二本同時に、ビートの身体に接触すると見えたその瞬間に、あまりのスピードにぱん、と空気が弾《はじ》ける音がした。

そして——改造人間篠北周夫の手に握られていたはずの超高速の剣は、二本ともが根本から折られて、その刃部分が宙に飛んでいた。

誰が想像し得ようか——斬《き》りつけてきたその剣を、ビートの拳がふたつ同時に、攻撃を凌《しの》ぐスピードで叩き折ったなどということが。

「——なっ?!」

篠北は愕然《がくぜん》とした。そんな馬鹿な。つい今の今まで、こいつにはこんなスピードも戦闘力もなかったはずだ。これでは、まるで——まるでさっき、彼が身体を固定されて動けなくなったのを〝逆に〟したような——

（——はっ！）

と気がついたときには、もう遅かった。

ビートの見えない猛速の蹴りがその腹部に決まっていた。容赦のないその一撃に篠北の身体はロビーから吹っ飛ばされて、ビルの窓面に直撃した。

ガラスが砕け散り、彼の身体は宙を舞って外に飛び出したが、墜落し地面に叩きつけられる前に、彼は既に絶命していた。

今度はもう――恐怖を感じている余裕はきっと、なかったに違いない。

「……そういうことだ、篠北さんよ――あのリズムはあんたに対してやっていたんじゃあ、なかったのさ」

ビートは、窓の側に寄って、彼の死体を見おろした。

「能力が封じられても、たった一人だけ、鼓動を感じられる相手がいる――そう、この俺自身だ」

ビートは、ぜいぜいと息を切らしている。もうさっきまでの超スピードなど、どこにも見られない。

「他人に対してはとても、そこまではできないという無茶苦茶で無理矢理な制御も、自分に対してだけは可能って訳だ。肉体の限界を超えた動きをすることも、それを苦痛と感じないタフな精神状態になることも可能なぐらいに――これこそが〝NSU〟の真の使い方だ。……自分でも制御しきれないから、手加減できないのが難点だが」

そう、これのことは統和機構も知らない。この〝超加速の鼓動《モルト・ヴィヴァーチェ》〟こそが彼ピート・ビートの最後の奥の手なのである。

「――あるいはこの鼓動《ビート》をとことんまで突きつめていくと、そいつは〝崩壊のビート〟とでもいうべき〝終点〟に到達するのかも知れない。そうなったとき俺がどうなるのか――やってみたことがねーから、わからねえけど、な」

がはあ――とビートは荒い息を吐き出した。

「――しかし、反動もハンパじゃねえ……くそ、身体中が痛え――畜生、それにしても……」

この場に長居は無用だ。飛び降り自殺か墜落事故か、とにかく大騒ぎになってしまう前に逃げないとやばい。

だがそれでもビートは、最後にどうしても愚痴らずにはいられなかった。

「……一度は絶対的な恐怖に敗北し、埋没してしまったはずの男の魂を、見事な戦士として甦《よみがえ》らせる〝概念〟――〝カーメン〟てのは、いったい何なんだ……？」

幕間　*interphase*

「そういえば、昔の君によく似た少女を一人知っているよ」

人里離れた山小屋で、二人が話している。

「へえ？　僕みたいな変な人間が他にもいるとは信じられないな」

彼がそう言うと、男は笑って、

「そういう意味じゃない。彼女は別に周りから変人だとか思われてはいないよ。ごく普通の人だと認められているし、本人もそうだと思っている。だが——」

「実は違う、と」

「そうだ。彼女は自分ができることをよく知らないんだよ。自分がなんとなくしていること、それがどんなに特殊で、そして——巨大なものであるか」

「僕は別に大きくもないけどな。でもその彼女はそんな大きなことをしていて、それで気が付かないってことがあるのかな？」

「巨大なことと言うのは、それが真に巨大なことであればあるほど端からは把握できないものさ。君の才能のようにね。ましてやそれが、自分よりも他人に対してより大きな意味を持つものだとなおさら、自身にはぴんと来ないものだ」

「へぇえ？」

彼は首をかしげたが、すぐに、

「その彼女の〝才能〟っていうのは具体的にどういうものなんだい」

と好奇心で大きくなった眼で質問してきた。

「彼女がそれをどう捉えているのかは知らないが——私なりの言葉で言うと、それは〝人の心の中の花を咲かせることができる〟というようなものだ」

「仁の能力に似ている？」

「いいや。私には欠落が見えるだけだ。だが彼女はどうやら、人の心の中の迷いそのものを感じることができるらしい——しかし自分ではそれがどういう意味を持つのか気がついていない」

「いつか、気がつくときが来るのかな」

「さて。このまま、自分は普通だと思いながら生きていくのが幸せなのかも知れない。だが、その彼女も、たとえば同じように己が何処《どこ》に向かっているか知らない誰かと出会うことで、あるいは——」

phase2 funeral & shakiness

第二話「追悼と動揺」

1.

〝おい――あいつはなんだよ？〟

〝知らないよ。朝来たときにはもうあそこに座ってたんだよ〟

〝おまえ、声掛けてみろよ〟

〝嫌だよ。なんかトラブルになったらどうするんだよ〟

〝なんか変な灼《や》け方してる。外国にでも行ってたのかしら？〟

〝なんか怖いわ〟

〝でも、ちょっとかっこいいかも〟

朝のクラスは奇妙なざわめきで満ちていた。

それまでずっと空席であったはずの、教室の端の席にひとりの少年が座っているのだ。

当然のような顔をして、脚を机の上に載せて後ろにふんぞり返っている。

「…………」

一応、制服の学ランを着ているが、どう見てもおろしたての新品で、まるで新入生のようだが、ボタンを一つもはめていない。褐色の肌をしているが、日焼けサロンで灼いたような綺麗な色でなく、妙にオレンジがかっていて日本人のそれとは微妙に異なるイメージがある。

「………」

席に着いてからずっと眼を閉じていて、他の誰とも口を利かない。

その彼を、クラス中の者たちが男女問わずこそこそと横目で見ていた。

「——ねえ朝子《あさこ》、あの子さあ、転校生かな。それともあいつが例の〝世良稔〟かな?」

言われて、クラス委員の浅倉《あさくら》朝子はちょっとどぎまぎしながら、

「さ、さあね。わかんないわ」

と言った。ごまかしているのがバレないかしら、と不安だったが、話しかけてきた相手は朝子のそんな細かい表情には気にも留めず、

「でもきっとそうよね。入学してから半年近くも一日も出席してこなかったのに、今頃になって出てきて大丈夫なのかしら? 出席日数はどう考えても足りないわよねえ」

彼らの通っているこの私立秋荻《あおぎ》高等学校は、決してレベルの低い学校ではない。むしろその逆だった。成績不良者は、場合によっては他の学校への転校を勧められることもあるほどなのだ。逆によその公立校などから、そこのトップの生徒が編入してくることもある。

しかし、あの寝ている男子はとてもその手のクチには見えない。

「そ、そうね。追試でも受けたんじゃないかしら」

「いつそんなのやったのかしら? 先生は昨日まで何も言ってなかったわよね」

ひそひそ話しながら、クラスの者たちはその問題の〝世良稔〟を観察していた。

「――――」

その様子を、その言われている本人は我関せずといった態度で無視している――ように見える。

しかしもちろん、そう見えるだけだ。

世良稔こと合成人間ピート・ビートは内心では腐りきっていた。

（くそ――なんだって俺が今さら、こんな忌々《いまいま》しい学校なんぞに来なきゃならんのだ――本来の任務である〝カーメン〟の手掛かりすら掴めてねーってのに……）

ビートは学校が嫌いだ。

数年前、カモフラージュ用にと中学校に通っていたことがあるが――どうにも息が詰まるのだ。教室に充満しているあの、妙に抑圧的な癖にだらけてもいて、それでいて中途半端に緊張感もあるあの鼓動がとにかく嫌いなのである。だから仮の身分で学生ということになっていても、これまで学校に近寄ったことすらなかった。統和機構の任務に集中していたといえば聞こえはいいが、要するにサボっていたのである。

（――まったく、なんてこった）

生体鼓動レーダーである〈ＮＳＵ〉の能力で、たとえ眼を閉じていてもクラスの連中が自分に視線を向けているのは嫌でもわかる。

それが彼の能力だ。

たとえ戦闘的でなくとも、彼にとっては厳しい修練を積んで研鑽《けんさん》し、生命を預けるに足るだけの自信と信頼を築き上げている能力なのだ。

だが——

(くそっ——)

彼は心の中で毒づきながら、薄目を開けてこっそりと〝彼女〟の方を見る。

クラス委員の〝浅倉朝子〟の方を。

彼女は彼と一瞬だけ目を合わせると、あわてて逸らした。

〝わかってるわかってる。内緒なのよね〟

とでも言いたげな、わざとらしい動作である。ビートはうんざりした。

しかし、彼にはあの少女の鼓動だけが何故か、はっきりと捉えられないのだ。

他の人間ならば明瞭に把握できる生体鼓動なのに、彼女のそれだけは何故か曇りガラス越しのようにぼんやりとしたものとしか感じ取れない。

能力の〝盲点〟がそこに、平気な顔をして笑っているのだった。能力で感じられない者がいる——これは下手《へた》をすれば生命に関わることである。

しかしその相手は別に、どうってことのないただの女子高生なのである。

(こいつは一体どういうことなんだ……?)

ビートは混乱の極みにあった。

そもそもの始まりは、あの葬式のときのことだった――あんなところにこの女が来なかったら、会うこともなかったのだが……。

一方の、その少女の方はそんな彼の心のことなど知る由もなく、ついくすくすと笑ってしまいそうになる衝動をこらえていた。

（ほんとに不思議なこともあるものよね――私があんなところに行かなかったら、彼とあんな風に接触することもなかったんだものね――）

＊

朝子は数日前、中学時代の友人だった千絵《ちえ》から電話をもらった。

『親父が死んだの』

千絵は開口一番にそう言った。

「――そ、それは……えーと」

朝子は何と言って返事をすればよいのかわからなくなった。

「お、お気の毒――ね？」

大人ならこういうとき、無難な返事の仕方があるのだろうが、まだ高校生の朝子にそんな儀礼的な言葉がすらすら出てくるはずもない。人の死というのは大事で、まだ彼女にはそういうことへの対処法は身についていない。

『うん、ご愁傷様《しゅうしょうさま》ってヤツよ、いわゆる』

千絵の方も投げやりに言った。あんまり悲しくなさそうである。

「あれ、そういえばたしか千絵、あんたん家《ち》ってその——離婚してなかったっけ？　あんたはお母さんの方で。名字も変わったって」

『うん、そう。今は宮原《みやはら》だけど昔は篠北。だからさ、もう五年くらい会ってなかったんだよね、実際。六年だっけかな？』

けろりとした口調で千絵は言う。

『はっきり言ってあんまし好きな親父でもなかったしさ。小さい頃だって仕事ばっかりでほとんど一緒にいなかったし』

「ふうん」

『でさ、その親父が死んだの』

「うん」

『だからさ、あのさ、その』

千絵はなんだかもじもじしている。

「なによ、どうしたの？」

『そのさ、朝子さあ――一緒に葬式行ってくんないかな？』

「え？」

朝子の眼が点になった。

回りくどくていまいち要領を得ない千絵の話を大雑把《おおざっぱ》にまとめると、こういうことになるらしい。

千絵の父親の篠北という人が死んで、死因が飛び降り自殺なのか転落事故だかよくわからない死に方で、死んだ後でバタバタして、でも死んだのでその人が掛けていた生命保険やら遺書やらが明らかになって、それが――

『あたしと、母さんに』

すでに他人になっていたはずの者たちに多額の資産を遺《のこ》したいというものだった――というのだ。

当然、保険会社やら警察やらが千絵の家に押し掛けてきてあれこれ訊いてきた。しかしそんなことを言われても二人は何も知らない。怪しいところはないというのですぐに疑いも晴れ、ただ父親が娘に遺産を遺《のこ》そうという意思だろう、ということになった――が。

『そんなこと言われても、あたしは全然スッキリしなくてさ』

そういう父親ではなかったはずだ――というのが千絵の印象なのだ。

だから母親には「お金はありがたくいただくけれども、もうあの人に関わるのはやめましょう」と言われているのだが、それでもどういう人たちが父親の近くにいたのか、蔭からこっそりと見たいので、

『だから、一緒に葬式に行ってくれないかな』

「娘なんでしょう？　堂々と行けないの？」

というよりも、朝子としてはなんで、今の学校の友人ではなく、昔の馴染みである自分を選んだのか、そっちの方がわからないのだが。

『いや、なんかさ——あるでしょう？　後ろめたいっつーかさあ。それにさ、あたしじゃやっぱりわかんないのよ。朝子に見てほしいのよ』

「何を？　その葬式に来る人を？　なんで？」

『だって、朝子ってカンがいいじゃない』

「別に、カンって訳でもないんだけど——」

　カンがいい。

　朝子はよく人にこう言われる。

　しかし、朝子にしてみると、それはカンとはちょっと違うような気がするのだ。ぴん、と閃《ひらめ》いたりするわけではなく、他の人が何かやったり言ったりしているのを見て、おや、と思うの

である。なにかズレている、と感じるのだ。態度がちぐはぐに見えてしょうがないのである。たとえば、喫茶店に友だちと入って、その彼女がメニューを前にあれこれ悩んでいるときに、ふいにその彼女はメニューのある品物のまわりを行ったり来たりしていて他の物を頼む気がないことがわかるのだ。だからチョコレートケーキふたつ、と通りかかったウェイターに自分の分も含めて注文すると、友だちは驚いて、

「――なんで、あたしの食べたいものがわかったの？」

とか言う。しかし朝子にしてみると、そういうのは歴然としたことにしか思えないのだ。みんな、なんかわざと気がつかないフリしてるんじゃないか、私はガサツにできてるんじゃないのかしら、とか逆に不安になるくらいである。

他人の思考が前に進まないで引っかかっているのに、すぐに気がつく才能――とでもいうのかしら、と彼女はときどき自分のことを振り返って、思う。

こういうもののことを何と言ったらよいのか、気が利くとか優しいとか頭がいいとか、そういう普通の言葉ではどうもうまく説明できない感じだ。相手にびっくりされるような、あの状態にはプラス面もマイナス面も同時にある気がする。誉《ほ》め言葉だけだと違和感があるのだ。では嫌味ったらしいとか一人合点とか思いやりに欠けるといった悪口ならどうかというと、その方がもっと変だ。別に言われても相手は不愉快には思わず、ただ驚くだけなのだから。「考えを先回りされた」といって怒った人には会ったことがない。きっと相手が怒るようなことには

気がつかないのだ。

なんなんだろう、これ？　と朝子は考えるが、元々彼女はそれほどくよくよ悩むのが得意な方ではないので、名前がないなら自分で付けてしまえ、とそれのことはこういう風に心の中で呼んでいる。

〈モーニング・グローリー〉

日本語にすると花のアサガオという意味だ。自分の名前の〝朝〟も入っているし、わかるときの感覚が、夜寝た後で起きるとアサガオはいつのまにか咲いている、というあの感覚のようだと思うからである。

なかなか綺麗なイメージなので、自分でも気に入っている。もっとも、誰にもこのモーニング・グローリーのことを言うつもりはないが。なんとなく――

（そういうことを言い立てる人って、気持ち悪いしね）

と自分でも思うからだ。

だが誰にも言わなくても、ときどきこの千絵のようにそれをアテにして話を持ってくる者はいるが。

『朝子ってさ、人を見る目があるじゃない』

「なんか、そういうとちょっと違うと思うけど？」

『いいから、ね、お願いー』

甘えたように言われるその声には、とても父親が死んで葬式に行くというような重さはない。朝子はちょっと呆《あき》れたが、しかし内容にはかなり興味をそそられた。もともと彼女は好奇心が旺盛《おうせい》な方でもあるし。

「まあ、一人じゃ行きにくいっていうのもわかんないでもないけどね」

『でしょでしょ！』

弾んだ声で相槌《あいづち》を打たれた。結局なし崩しで、朝子は明後日の日曜の、篠北周夫の告別式をこっそり覗《のぞ》きに行くことになってしまった。

（父親が、人からどう見られているか知りたい、か——）

朝子はその日の夕食で、一緒の席に着いている父の、浅倉敏彦《としひこ》をちょっとしげしげと見てしまう。ごく平凡な顔立ちで、やや痩せ気味で、眼鏡をかけているこのサラリーマンの父は、もし死んだとしたら他の人はどんな風に見るのだろう。そして自分は——

そんな風に思っていたら、なんだか妙な落ちつかなさを感じた。

「ん？　どうした朝子」

敏彦は茶碗《ちゃわん》から顔を上げて、呑気《のんき》な声で娘に尋ねた。

「べ、別に何でもない」

彼女はあわてて目を逸らした。

「変な子ねえ」

母親の夏江《なつえ》もくすくす笑いながら見つめてきたが、朝子は返事をせずに味噌汁をすすった。自分が千絵のように両親が離婚したりしない、平凡だが穏やかな家庭に生まれたことを密かに感謝しながら。

——彼女はこの後、自分が遭遇することになる厳しい試練《ディシプリン》たる運命のことなど、微塵《みじん》も想像していなかったのである。

2.

告別式の日は見事な晴天だった。なんとなく黒っぽい服を着て、朝子は千絵と一緒にその葬儀が行われている寺に出かけていった。

寺は半分山に埋もれているような場所に立っており、木の陰に隠れれば境内まで丸見えにすることができた。千絵と朝子はこそこそと、そこだけ見るとかくれんぼのような行動をとりつつ、焼香《しょうこう》に来る客たちの顔を観察した。

「オジサンばっか——」

「そりゃあ、仕事関係の人が多いでしょうからね——あ、でも、ほらあの人なんか」

と朝子が指差したのは、なにやらエリートっぽい若くてすらりとした若いサラリーマンだ。

「あれがどうかしたの」

「眼鏡がずれてる。でもそれに気づかないで一生懸命拝《おが》んでるじゃん。ああいうカッコ付けてる人がさ、人に注目されるお焼香んときに眼鏡が思いっきりズレてるってことは、つまり本気で悲しんでるとか残念がってるってことよ」

「……そう言われると」

「それにほら、あの人も」

「あの冴《さ》えないおじさん？」

「座ったまんま立たないでしょう。着ている喪服《もふく》はかなり上等っぽいけど、それに埃《ほこり》が付くことにもかまわず、公然と脱力しているじゃない」

「疲れてんじゃないの」

「がっくり来てるのよ。つまり、あんたの親父さん、仕事の上では結構存在感があったって言うか、いなくなっちゃったらなんだか張り合いというか、支えというか、そういうものをなくしちゃったりする人が割といるってことだと思うわ」

「…………」

「ただの仕事の鬼だったら、みんなも仕事で拝むだけでしょ。そういう感じでもないんじゃないかな、このお葬式は」

「……そう、なのかな」

千絵は小刻みにうなずくような動作を続けている。

「そうよ。自分だけよけりゃいい、って人だったら誰も――」

と言いかけて、朝子は、

（――あれ？）

彼女はその弔問客《ちょうもん》の中に変わった顔があるのを発見した。

褐色の、ややオレンジがかった肌の少年が一人、サラリーマン風の人間たちに混じっていた。場に不似合いなスタイルの癖に、その表情は他の誰よりも厳粛《げんしゅく》で、死者のことに敬意を払っている――そんな風に見えた。

しかし、気になったのはそんなことではなかった。彼女はその男の子を知っていた。

いや、正確に言うならば知っているような、いないような――顔写真だけは見たことがあるが、その正体は知らない。

（あれは――〝世良稔〟じゃないの？　うちのクラスの、名簿には載っているけど一度も登校してこない――）

朝子がその情報を知ったのは偶然だった。

クラス委員長である彼女が、日誌を持って職員室に行くと、たまたま教師全員が外に出ていて誰もいなかったことがあった。

彼女は担任教師の机の上に日誌を置こうとして、そこのデスクトップコンピュータの電源が入ったままになっているのを見た。

「…………」

彼女は、前々から気になっていたことがあった。

彼女のクラスにいるはずの生徒〝世良稔〟のことを。

他の誰も、彼のことを知らないといい、先生も「あんまり他人のことに嘴《くちばし》を突っ込むものじゃない」といって何も教えてくれない、あの謎の生徒のことがほんとうに気になっていたのだ。

（い、今なら――もしかして）

誰もいないのを改めて確認すると、教師の机の上のコンピュータを操作して〝世良稔〟を検索した。

答えはすぐに出た。

写真が添付されていた。やや日焼けしたような、それとも地の色か、オレンジ気味の肌をした、日本人だか何人だかよくわからない顔立ちの少年だった。

（このひとが――世良くん？）

出身中学は聞いたことのない名前で、遠くから来たらしい。

その顔を見ていると、朝子は不思議な感じがした。

妙な親しみを感じるのだ。それが何に由来するのか、彼女にはわからなかったが――しかし心の中で〝この人のことを、私はきっと理解できる〟という気がした。

そのとき背後で物音がした。誰かが職員室に入ってきたのだ。

彼女はとっさに自分がやっていた操作をすべて消した。

何食わぬ顔で「すいませーん、戸崎《とざき》先生知りませんかあ？」と振り向きながら言った。


彼女は、その顔写真を見たことを誰にも言わなかった。言うと何か面倒なことになりそうな気がしたし、それに——なんとなく、誰にも言いたくなかったのだ。その感情が何なのか、自分でもわからなかったけれども。

それからの彼女は、街をぶらつくときも、あの写真の顔を気がつくと捜《さが》し求めていたりした。

でもその〝彼〟はどこにもいなかった。

それが——それが、今。

その顔がすぐ近くにいる。

焼香し、位牌《いはい》に向かって両手を合わせている。

＊

ビートは、篠北周夫の位牌に向かって心の中で呟く。

（篠北さんよ——それにしても、あんたは色々やってたんだなあ）

ビートは彼を倒した後で、その背後を調べたのだ。実に興味深いことがわかっていた。肝心の〝カーメン〟についてはまったく、ひとつも手掛かりがなかったが、その代わりに彼、篠北周夫がある組織とかなりの取引をしていたことが判明した。

ビートにとっては、得体の知れない〝カーメン〟よりもずっとやりやすい相手だ。具体的な目標が見えている方がやはり、気持ちがスッキリする。

焼香を終えて、ビートはきびすを返して葬儀場から離れていく。

周辺の人間から感じる鼓動に、そのほとんどに悲しみはない。仕事上のつきあいしかない人間がいるだけだ。寂しい人生だった——と普通ならば言うのだろうが、しかしビートはそう思わない。

あれだけの、集中した戦いをできたということは、それだけ篠北周夫の人生にはなにか一本の芯《しん》があったということなのだ。それが問題の〝カーメン〟なのか、それとも——

「…………」

ビートは寺の、庭の向こう側に広がる山の林にちらと目を向ける。

そこには若い娘の鼓動が感じ取れる。それは——おそらく篠北の実子の宮原千絵だ。篠北が会社を利用して稼《かせ》いだ金は、そのほとんどが娘に遺すための物だったことも調べはついている。生命保険にも入っていたから、そういうことを取り出してみると、

（篠北さんはまるで、死に場所を探していたみたいな感じすらあるな——）

これはビートが彼を殺した罪悪感から思うのではない。一対一の真《ま》っ向《こう》勝負だった。罪の意識とか負い目とか、そんなものは一切感じていない。

ただ——なんとなく〝気持ちはわかる〟ような気がするのだった。

娘は蔭からこっそりと観察するだけで、降りては来ないようだ。

ビートは特に彼女には興味がないので、さっさと寺から外に出た。

わざわざ葬式に来たのは、別に故人を悼《いた》む気持ちからなどではない。これも、れっきとした任務の一環なのだ。

案の定、百メートルと寺から離れていないところで、狙いの対象がさっそくお出ましになった。

「——おい、ピート・ビート」

声をかけてきた。

振り向くまでもなく、相手が五人の男たちであることは感知している。

しかも、全員が武装していることも、だ。

「なんだ？」

ビートは静かに訊き返した。すると、

「コードネームで呼ばれて、素直に振り向くのはいささか不用意じゃないのか？」

と男の一人がニヤニヤ笑いながら、日本語でない言葉で言った。

「何の用だ、と訊いているんだがね。〝ダイアモンズ〟の皆さんよ」

ビートも同じ言葉で答えた。


ダイアモンズ――それは世界中にある数多い反統和機構組織の中でも、かなりの規模を持つ地下組織である。

反統和機構を掲げる団体のほとんどは統和機構が独占しているある種の技術や秘密を我が物にし、あわよくば世界中に広がっているその支配力をも横取りしようという非合法組織ばかりで、ダイアモンズもその例に洩《も》れない。その出発点はとある小国の独裁者が統和機構の秘密を知って、それを探ろうとしたところから始まったという。その独裁者自体は、統和機構と何の関係もない市民たちの民主革命によって処刑されてしまったが、組織としてのダイアモンズだけはしぶとく地下に生き延びているのだ。

元はどうということのない弱小の組織で、統和機構も関わるだけ損だと見逃していたのだが、その組織に統和機構の裏切り者が逃れてからは事情がやや変わった。今やダイアモンズは統和機構が独占していたはずの合成人間の製造まであと一歩というところまで来ているらしい。

手強《てごわ》い敵ではあるが、しかし――

（素性は知れているからな）

ビートとしては、それほど恐ろしい相手ではない。その男たちのうち一人が訊いてきた。

「どうして我々の協力者だった篠北周夫を殺したのか、教えてもらえないか？」

「やらなきゃ、やられてたからな」

答えると、相手は笑いだした。

「統和機構の合成人間が、一般人の中間管理職サラリーマン相手にどうやったら〝やられる〟っていうんだ？　冗談としても笑えないぞ」

「と、言いながら笑ってるじゃねーか」

などと毒づきながらも、やっぱりな、とビートはあらためて確認した。

篠北周夫は、自分が来生真希子に改造されていた超人であったことをダイアモンズにも隠していた。おそらく、篠北が行っていた不正な金集めと、ダイアモンズの利害が一致していただけの、ビジネス上のつきあいだけだったのだろう。

では、彼がほんとうに忠誠を誓っていた相手とは――

（やはり〝カーメン〟か？　しかし、そいつは一体全体なんなんだろうか……？）

「ふふん、ずいぶんと不敵なようだが、しかし我々は知っているんだぞ。君は統和機構の合成人間とはいえ、能力は索敵《さくてき》タイプで、直接的な戦闘には不向きだということをな」

ダイアモンズの連中が一斉に戦闘態勢に入る。手のひらに隠れてしまう小型拳銃をかまえて、ビートに向けてきた。

「得意の〈ＮＳＵ〉とやらで我々を金縛《かなしば》りにするタップでも踏んでみるか？　そいつが終わる前に君の身体には風穴が空くぞ」

「俺みたいに、色々な任務で外に出ることが多いヤツのことは〝パール〟に教えられているってわけか？」

ビートはやれやれ、といった調子で首を振った。

「あの女もまったくしぶといな。俺の知ってる限りで、統和機構を裏切って五年以上も生き延びているのはあいつだけだぜ」

「彼女のおかげで、我々も貴様たちと対等に戦えるようになったというわけだ」

「対等？　対等、ねえ――」

ビートはやれやれ、という感じで首を振った。

「それ以上動くな。手を挙げて、こっちへ向けろ」

男たちは、ビートの能力が手のひらに集中していることも知っているので、まずそこを撃ち抜いて破壊しようというつもりのようだ。それからアジトに連れ込んで、拷問《ごうもん》して情報を引き出そうとするに違いない。

（しかし、こちとら下《した》っ端《ぱ》は統和機構の重要な秘密なんざ、なんにも知らねーんだがなァ……）

ビートは心の中でぼやいた。

そして言われるままに、ポケットに突っ込んでいた手を抜いて、そろそろと上に挙げる。

その手から何か小さな物が、ぽろっ、と落ちた。

む、と反射的に男たちは一瞬その物体を見る。

物体はただのゴルフボールだった。それがアスファルトの地面に落ちて、そして跳ね返った。


てん、てん、てん――


と何度かバウンドして、そして停まる。

「さてと――」

ビートが両手を上に挙げたままの姿勢で言った。

「言われた通りにバンザイしてやったが――それで？　おたくら、何をするつもりなのかな？」

決まっている、貴様を拉致《らち》して――と言おうとして、男たちの表情が一斉に強張る。

口がうまく回らない。

身体の動きが、スローモーションのように鈍くなっていて――

と気づいたときには、素早く身をかがめたビートの蹴りに足元をすくわれていた。

「――げっ?!」

転倒する男たちは受け身すら取れない。

特殊なゴルフボールがバウンドする、その音が彼らの肉体の波長とシンクロして正常な動きを阻害《そがい》したのだ。

　ビートは敵の接近を予測していた。狙いのテンポでバウンドをするボールの準備くらいは当然していたのだ。

「ちなみに、ボールを落とす練習だって地道に何年もやってるんだぜ」

　ビートはダイアモンズの連中に向かって呟いた。

「あんまし舐《な》めないでくれよな。ん？」

「ぐ、ぐぐぐ……」

　もがいている男たちの手から武器を取り上げて、さらに隠し持っている武器はないかと一人の服に手を掛けた、そのときだった。

　身体の自由を奪われている、その男の鼓動にわずかな――ほんのわずかな〝喜び〟が混じっているのをビートは感知した。

「――――！」

　彼はとっさに身を退《ひ》いていた。

　それが彼の生命を救った。彼の頭部が占めていた空間をライフル弾が、びゅっ、という空を切る音とともに通過した。

　ビートはそのまま地面に這《は》いつくばるような姿勢で転がる。

　ライフル弾は、ぼっ、ぼっ、と間が抜けて聞こえる音を立てながら彼のすぐ側の地面にめりこんでいく。

（こ、こいつは——）

ビートは判断ミスを悟った。男たちが近寄ってきた時点で、さっさと逃げるべきだったのだ。

この攻撃は——

（遠距離から、狙撃《そげき》している……！）

からんできた男たちは囮《おとり》だったのだ。向こうは彼から情報を取る気などなく、ただただ、憎き統和機構の合成人間を一人でも減らす気なのだ。

しかし、どこから撃ってきているのか？

（一番可能性がありそうなのは、寺の裏手の山だが——）

ちらと見たらその可能性はないとわかった。上空をカラスが飛んでいたからだ。鳥の鋭敏な感覚は、近くで銃撃をしている者がいたらそこには絶対に近づかない。寺の方に敵はいない。

彼が銃撃から逃げている間に、ボールのバウンドによる鼓動攪乱《かくらん》から回復した男たちが起きあがって、ビートに迫ってきた。もし摑まれでもしたら、たちまち頭に穴が空く。

（く、くそっ！）

ぶざまだが、じたばたと暴れて男たちから逃れるしかない。とにかく、寺まで戻って、塀《へい》の蔭にでも隠れて銃撃をなんとかしないと——

ビートは、こういうときは銃弾を直接はじき返したりできない自分の探索用能力の無力さを思い知る。フォルテッシモや直接攻撃型の〝ワイバーン〟タイプならば銃弾狙撃など塵《ちり》ほどの脅威とも思わないだろう。

男の一人が飛び蹴りをかましてきた。ビートは避けきれず、派手に吹っ飛ばされた。

「――ぐっ！」

だが、それは計算だった。

彼が飛ばされた方向には、寺の駐車場があったのだ。

そのまま受け身を取りながら転がって、コンクリート塀の蔭に飛び込むことに成功する。

（――よし！）

ビートは起きあがって、追ってくる男たちを塀の蔭で迎撃しようと身構えた。

だが、そのとき予想外のことが起こった。

塀をまわりこんできた男が、ビートの前に立ったその瞬間に、横から飛んできた石に側頭部を一撃されたのだ。

男はくらっ、と来てよろける。

ビートはどこから石が飛んできたのかわからなかった。

（な、なんだ……？）

だがその次の瞬間、ビートはさらに意表をつかれた。駐車場の横の茂みから、一人の少女が飛び出してきたのだ。

（――――?!）

ビートは驚いた。

その娘が接近してきた、その鼓動がまるで感じられなかったからだ。

（ど、どういうことだ……?!）

だが娘はそんなビートの動揺などおかまいなしで、いきなり彼の腕をやや乱暴に掴むと、

「――ほら、逃げるのよ！」

とビートを引っ張るようにして走り出した。

ビートもつられて、つい走ってしまう。

少女の鼓動は、感じられるような、感じられないような、奇妙な感触だった。こんな鼓動の人間には彼はこれまで遭遇《そうぐう》したことがなかった。

＊

「――ちっ」

寺の反対側にいた狙撃手は舌打ちした。彼がいるのは、ごく普通のマンションの一室だった。

そのベランダからライフルを撃ち下ろしていたのだ。

「狙撃可能範囲から外れた。逃げられた――どうする、パール？」

狙撃手はライフルスコープから目を離して、彼の横にいる女性に声をかけた。

成熟した外見の、成人女性だ。少なくとも、外見からはそうとしか見えない。

「………」

パールと呼ばれた彼女は、わずかに首を上に向けて、そして言う。

「すぐに撤退しましょう。下手に追いかけると逆襲されるわ」

それに——と彼女は心の中だけで呟く。もともとこんな攻撃でビートを仕留められるとも思っていない。ただちょっかいを出してみただけだ。相変わらずの奴の切れ味は確認した。

「了解だ」

狙撃手はライフルをすばやく分解してケースにしまっていく。

そしてパールは、ビートが去っていった方角に視線を向けている。

（ピート・ビートか——昔からあいつは妙に抜け目のないヤツだったけど……。どんな任務に就いていて、何を調べている？）

実のところ、ダイアモンズにとって単なる金洗い屋のひとりに過ぎない篠北周夫が殺されたことなど彼女にはどうでもよいことだ。統和機構が篠北程度に引っかかってくれるならカモフラージュにちょうどいいくらいである。

だが、どうも気になる——あの目先の利くことにかけてはパールも一目置いているビートが、相手を殺さなくてはならないほどに追いつめられたということは、これがただ事でないことを示している――と彼女は直感していた。

（篠北周夫とは、私は直接会ったことがなかったが――あるいは統和機構のスパイだったのかも知れない。それで余計なことまで知って始末されたという線もあり得る――もっとも）

彼女はわずかにかぶりを振る。

（それなら暗殺専門の合成人間が派遣されるはず――〝リセット〟や〝ユージン〟といった殺し屋連中ではなく、調べ屋のビートなのは何故？）

これはもしかすると、統和機構の重要な部分にまで切り込める、そのとっ、か、か、か、かりになるかも知れない。

（ヤツに、少しばかり喰らいついてみるか……？）

裏切り者の合成人間パールは、鋭い眼で、ビートの消えていった方角を見つめている。

＊

すっかりとまどっている間に、少女に引っ張られてビートは駅前の繁華街まで連れられてきていた。

「……ここまで来ればもう大丈夫ね」

周りを見回して少女は、ふう、と息をついた。

「あ、あんたはいったい……なんなんだ？」

自分の能力の盲点を突いている存在に、ビートはすっかりペースを乱されていた。

「それはあたしが訊きたいことよ、世良稔くん」

いきなり言われてビートはまたびっくりした。

「な、なんで俺の名前を知っているんだ？」

かろうじて（表向きの）という単語だけは喉《のど》の奥にのみ込んだ。

「だって〝クラスメート〟だもの。あたしは浅倉。浅倉朝子っていうの。私立秋荻高校の一年三組の生徒よ」

ビートの目が丸くなる。それは彼がカモフラージュ用に用意してある身分のそれとぴったり一致するからだ。

しかし、それは秘密のはずだ。当の生徒にまで知られるはずがないのに――。

（くそ、あの学校にいる端末のヤツめ、ミスしやがったな）

……だが今はそれを責めても仕方がない。この朝子という少女の謎をなんとか解明しなければならない。

「ねえ、世良くん、あなたなんで学校に来ないの？　休学中？」

朝子が目を輝かせながら訊いてきた。

「あ、あー……その、なんだ」

「それにさ、なんで千絵の親父さんのお葬式に来たりしたの？　親戚か何かなの？　――って、あっ！　いっけない！」

言いかけて、突然叫んだかと思うと、携帯電話を取り出して掛けて、どこかと話し出した。

「――だからさ、しょうがなかったのよ。悪いと思ってるわ。――うん、じゃあもう大丈夫なの？　気がすんだ？　――うん、わかるわかる、その気持ち。――うん。――うんうん。そうよ、大事なのはあんたのそういう心の方だと思うわよホントに。――うん、わかったわ。じゃあまた電話するわね、うん」

彼女がぺちゃくちゃやってる間も、ビートはぽかんとその横に立ちすくんでいた。

ぴっ、と携帯電話を切って、朝子はあらためてビートの方を振り向いてきた。

「さて、世良くん？」

「は、はい？」

つい、素直に返事してしまう。

「とりあえず、助けたんだから少し話を聞かせてくれてもいいと思うんだけど？」

「た、助けた？」

「ヤクザにからまれてたのを、助けてあげたでしょう？」

あの工作員たちは彼女の認識だとヤクザということになるらしい。

「――ま、まあ……そういうことになるのか、な――」

ビートは混乱していた。

相変わらず、この娘の鼓動はよくわからないままだ。

感じられないわけでもないのだが——それがどういうものなのかぴん、と来ないのだ。彼女がどういう人間なのか、他の者であれば鼓動からそれなりに精神状態や体調を知ることができるのだが、この浅倉朝子の鼓動からは、どういうわけかその正体を推測できない。こんなことは初めてだった。彼が恐れる得体の知れぬフォルテッシモですら、それなりに理解はできるのに

——。

すっかり狼狽《ろうばい》しているビートは、気がつくと朝子と一緒に喫茶店に入っていた。目の前に、運ばれてきたコーヒーが湯気を立てている。それをぼんやりと見つめながら、ビートは、

（しかし、何を訊けばいいんだ？）

と逡巡《しゅんじゅん》していた。すると逆に、

「世良くんて、なにか仕事してるの？」

興味津々《しんしん》、という感じで朝子が訊いてきた。

「あ、ああ」

「どんな仕事？」

「主に、調査とか——」

と素直に答えてしまった後で、しまった、と思った。統和機構のことをべらべら喋るわけにはいかないのに、不用意に口を滑らせてしまった。

（俺は、どうかしている――）

ビートは激しく動揺していた。

3.

ビートが〝復学する〟と言ったら統和機構の端末である校長は顔を青くした。

「そ、それは――どういうことですか？」

またこの反応だ、とビートはこの前の医者のことを思い出してうんざりした。どうも端末連中は合成人間に何か言われると、自分がなにか取り返しのつかない失敗をしたのではないかと怯える傾向がある。まあ無理もないが。

「深い理由はない」

ビートは素っ気なく言った。

「し、しかし」

「特に任務で戻るわけでもない。あんたには特に何にも頼まないから安心しろ」

ビートはもちろん、この校長に本当のことを言うつもりなど毛頭ない。こいつだけではなく、誰にも言うつもりはない。

〝自分の能力が及ばない相手がいるから、そいつの正体を突きとめる必要がある〟などと他の者に知られるわけには絶対に行かないのだ。特殊能力は合成人間にとって最後の頼みの綱であり、その弱点に類することは絶対の秘密にしなければならない。たとえその相手が統和機構の中枢《アクシズ》であっても、だ。

「ですが、その――あなたは半年以上も授業を受けていないんですよ？　除籍になっていて当然なんですから。出てこないのならまだ手はあるんですが、通学されるということになったら、ちょっと私でも――」

「その辺は、一般の編入生と同じ扱いにすればいいだろう。試験でも何でも受けてやるよ」

「……わかりました。ですが、それに落ちても私の立場としては手の尽くしようがありませんよ？」

校長のやや嫌味っぽい言い方に、しかしビートは平然と答える。

「馬鹿か、あんたは」

「は？」

「あんたの協力が必要だと、俺がいつ言ったんだ？　手を尽くしたりする必要などない。正々堂々と、試験でも何でもやらせりゃあいいんだよ。どうせ――」

ビートは校長を見つめながら囁くように言う。

「——あんたや、この学校程度じゃあ、俺が何かをするのを止めたりはできないんだよ。わかったか？」

校長はまた青くなった。これは要するに、ビートは試験ならいくらでもカンニングできるし、都合の悪い教師などは消えてもらうことも可能だ、と言っているのである。

「わ、わかりました。すぐに手配させます」

「ああ」

ビートはうなずいた。

校長の鼓動が激しく乱れているのは当然感知している。これぐらい脅しておけば充分だろう。本来ならこいつはビートの行動を上に報告する義務があるのだが、君子危うきに近寄らずとかなんとか自分を正当化して、学校に通ってくる彼とは距離を置くに違いない。

そうでないと困る。

（なにしろ——本当はなにひとつ、特別なことなんぞこの学校じゃできねーんだからな）

下手なことをすれば目立ってしょうがない。そしてあの〝朝子〟という少女の謎を摑むまでは決して、誰にも尻尾《しっぽ》を摑まれるわけにはいかないのだ。

（試験勉強もしなきゃならん——くそ、まったくなんでこんな羽目になっちまったんだ？）

＊

……というわけで、ビートは無事に一夜漬けに成功して試験を突破し、教室にやってくることができたのだった。

しかし、やっぱり学校の教室というヤツは彼にとってはどうにも居心地の悪いところだった。

（ちっ）

クラス中の視線が彼に向いている。だがその彼らの鼓動には、彼のことをやや用心深く見ている感触があるだけで、あからさまな警戒や恐怖は混じっていない。

（——確かに、誰にも言ってはいないようだ）

ビートはまた、ちらっと前の方の席に座っている浅倉朝子を見た。

彼女は〝あなたの方を見ていません〟という態度をとりつつ、しっかりとあからさまに視線を彼の方を向けているのがバレバレだった。興味津々である。

そう、ビートはあの葬式での騒動で、つい口を滑らせてしまった後で、彼女にこんなことを、口からの出まかせで言ったのだ——。

「あの死んだ篠北さんは環境破壊企業の実体を調査する非公然政府機関の構成員だったんだ。

──で、俺はその関係者というか」

我ながらあまりにも嘘臭《うそ》いんじゃないのかと思ったが、朝子の方はこの説明にぱっと目を輝かせた。

「えっ！　──す、すると千絵の親父さんはその極秘任務のために死んじゃったりしちゃったわけなの？」

──おいおい、本気で信じているのか？

とビートは思ったが、よく考えてみたら彼が合成人間であり、世界を裏から管理している巨大システムの一員であるという〝事実〟の方が遙かに一般人にとっては異常なのだ。ビートはもう開き直ることにした。

「──いや、まあその辺は明らかにはできないんだが」

「じゃあ、さっきのヤクザ連中は、悪い奴等の手先？」

「え、えと──そうかも知れないが、本人たちも上から言われているだけで詳しく知らないようでもあり」

「千絵の親父さんが生命保険に入ったりしてたのは、やっぱりその、死を覚悟してた、とかいうヤツなのかしら？」

「そう──だと思う。俺にはわからんが」

言いながらも、ビートとしてはもどかしくて仕方がない。

いつもならば、彼は会話する相手の鼓動も同時に感知しながらコミュニケーションをとるため、そのひとつがぼんやりとしてしまうと、なんだか自分がひどく頼りない存在になってしまったような気がしてならないのだ。

「ふうん——」

朝子はなにか考え込んでいるような表情になる。そんな彼女を見るとビートはまた落ち着かなくなってくる。

「その、娘さんには内緒にしてくれよ」

「わかってるわよ。言えないわよ、そんなこと」

「彼女だけじゃなくて、他の誰にも秘密にしてもらえないか?」

ビートは、これは真剣に偽《いつわ》りなく朝子に頼みこんだ。

「そりゃあ——ね」

朝子はこのとき、この妙に大人っぽいかと思うと、表情の端々《はしはし》が子供のようでもある変な少年に、なんというか——〝確かなもの〟を感じていた。

彼女が自分で名付けた奇妙な感覚——モーニング・グローリーが、彼女にこう囁いているようだった。

〝これは嘘だ〟

〝この子は嘘しか言っていない〟

そもそも彼が真実このような立場にあるのならば、そのことをただの女子高生に過ぎない自分に向かって話したりするはずがないではないか。それはわかっている。わかっているが、

〝でも――〟

そう、嘘をついているが、それは事実よりも小さい嘘のような気がする。

（本当はこんなもんじゃないんだが――）

というようなためらいが彼にあるのがわかるのだ。そういう人の内心の逡巡を知ることこそ、彼女が他人から〝カンがいい〟とか言われていることそのものなのだから、これがわからないはずがない。

はっきりしているのは、この男の子はとても一生懸命だということだ。

自分にはそんな風に一生懸命になれることがあるだろうか、とか思いつつ、そんな彼を見ていると、彼女はなんだか胸がどきどきしてくる。

この胸の鼓動が彼に気づかれやしないか、などとどうでもいいようなことを考えてしまう。

皮肉としか言いようがない、見事なすれ違いっぷりではあった。

……このズレは、ビートが学校にやってきた今でも続いている。

彼を（できるだけ見ないようにしつつも、やっぱり）こそこそと見ながら、朝子は、

(彼は何をしに学校にやってきたのだろう?)

ということばかり考えていた。

まさか自分自身がそのターゲットなのだとは思いもよらない。

朝のホームルームでやってきた教師はまったく彼の長期欠席には触れようとはせず、出欠確認で、

「世良ァ」

という名をごく普通に呼び、彼もまた、

「あい」

と気の入らない返事を返しただけで、彼の学校生活への参加はごく簡単に許されたようだ。

「ふわあ」

などと、ホームルーム中だというのに大きなあくびをしたりしている。

朝子はそんな彼の〝学校のことなど大したことない〟とでもいわんばかりの、動じないように見える態度にまたまた感動していた。

(うわあ——なんかロマンチックだわ)

勉強ばかりの学校生活に、突然スパイ映画から出てきたみたいなミステリアスな男の子が紛《まぎ》れ込んできたのだ。これは浮き浮きしない方がどうかしていた。

でも周りのクラスメートたちは、やっぱり疑念と戸惑いの混じる眼で彼を見るだけだ。思わ

ず大きな声で、

「私は彼と知り合いなのよ」

とか叫んでしまいたい衝動にかられるが、もちろんそんなことはできない。

「浅倉、何ニヤニヤしてんの？」

横の席に座っている娘が不審がって訊いてきたが、朝子はこれに返事をせずに、こみあげてくる笑いをこらえるのが精一杯だった。

一見すると、やや風変わりな乱入者はいても、いつもと大して変わらない学校の風景ではあった。

——だが既に〝モーニング・グローリー〟をめぐる、この錯綜《さくそう》する事態は大きく動き始めており、取り返しのつかぬ運命のうねりが学園を覆《おお》い始めていることを、この学校にいる者はまだ、誰ひとり知らない。

＊

……そこは、何処かとも知れぬ、わずかに存在するだけの薄い光ではとうてい周囲を照らし出すことの叶《かな》わぬ、深い闇に閉ざされた場所である。

「そうね、今回、問題になっているのは——」

そこに二つの人影があった。

ひとつは明らかに女性で、もうひとつは——男女どちらとも知れぬ、細いシルエットである。

「——例の〝あれ〟だわ」

喋っているのは女性の方だ。声はほとんど少女のような若さで、しかしその若さに似合わぬ余裕の、ゆったりとした動作で彼女は話している。

「————」

もうひとつは黙っている。

「あれには正式な名前はない。名前で呼べるような、そういう存在ではない。強《し》いていうなら私たちはあれを便宜的に——」

「————」

「〝カーメン〟と言っている」

その名が発せられた瞬間、場がしんと冷たくなったような気配があった。

なおも言葉を彼女は続ける。

「あの〝カーメン〟に近寄る者がいるわ。はたしてそれが何をもたらすのか、知ってか知らずか——ふふっ」

彼女はかすかに笑う。

「畏《おそ》れを知らないのか、畏れることに自ら挑んでいるのか、それはわからないけれど、彼——ピート・ビートがこれ以上〝カーメン〟に関わるつもりならば、こちらとしてもそれ相応の用意をしておかなくてはならない」

彼女は視線を、いまひとつの細い人影に向けた。

「そこで——それはあなたにやってもらうことにするわ。〝ラウンダバウト〟」

「はい——〝レイン〟」

人影はうなずいた。

その声を聞いても、それからこの人物の素性を想像しにくい、微風のような声だった。

「お任せ下さい。私が必ずや〝カーメン〟に近寄るものすべてに——私自身はその〝カーメン〟が如何《いか》なるものか見当もつきませんが——しかるべき報いを与えてご覧に入れましょう」

「頼もしいことね」

彼女は眼を細めて、その〝ラウンダバウト〟の方を見つめた。

それから付け足すように、

「あの〝カーメン〟には、本来ならば例の最強さんのところに話が向けられていたはずだったけれど——」

と、かすかに首を振りながら苦笑めいた顔を少しだけ見せて、しかしすぐに真顔に戻り、

「あの単細胞はどうやら、本能的に危機を察したのかなんだか知らないけれど、いったん身を

引いてみせたわ。——そっちの方は、私がやるから、あなたはただビートの〈NSU〉への対策のみに専念しなさい」

と言った。

「わかりました」

〝ラウンダバウト〟は一礼した。その仕草は闇に溶け込んでいてなお、凛《りん》とした印象のある華麗な動作であった。

「このラウンダバウト、あなたにしていただいたことは決して忘れません——必ずやご期待に添うように」

「お願いするわ。ああ、そうそう。今ピート・ビートは、私立の秋荻高校というところに通っているそうだから——」

彼女がそう言い終わるか終わらないうちに、闇の中に風が生じた。

風は彼女の長い髪の毛を舞い上げ、そしてそれがふたたび落ちたときに、もうひとつの細い人影は既にその場にはいなかった。

跡形もなく、消え失せていた。

「ふふっ、まったく——」

彼女は愉快そうに微笑んでいる。

「ドアぐらい開けて、出て行きなさいよね——とはいえ」

その微笑みには、しかし優しさなどかけらもなく、会心の一手を打ち込んだ棋士《きし》のような鋭さのある、そんな眼をしていた。

「まあ、そういうところこそが、正にあなたらしいところだけれど。どれほど厳しい障害があっても、それにかまわず、どんなルートを通っても必ず目的に辿り着く――〝迂回《ラウンダバウト》〟のその名にふさわしく、ね」

そして彼女はわずかな光を放っている照明に手を伸ばした。

その瞬間、光は消えて、周囲は完全な闇に包まれた。

phase3
improvement &
accident
第三話「成長と偶然」

1.

私立秋荻高校――

地方文化の向上を創立理念に挙げ、県下でも指折りの進学校として知られている。男女共学で、生徒は男子が三百七十二名、女子が三百八十六名。一学年に六クラスを数える。教職員は臨時講師、事務職員等も含めて現在九十七名。校地面積は十五万五千二百四十平方メートル。プールあり。食堂あり。昨年度の卒業生の進路は、国立大学進学者が二十八％、私立大が四十三％、短大が十％、あとはほとんどが浪人で就職者はなし。指定校推薦制度も、三十六大学に五十二名の枠を持っていて、これに入ろうと努力する生徒も多い。まさしく、勉強するために生徒が通ってくる学校といえる。

――これから、この学校は消滅する。

＊

世良稔ことピート・ビートは、体育の授業には滅多に顔を出さない。

（――かったりーんだよ）

と思っていることもあるが、実際には体育の時間は男子と女子が別々になってしまうからである。そうなるとビートが学校にわざわざ来ている理由がなくなる。クラスメートの〝浅倉朝子〟を監視するのが、ビートの当面の最重要課題なのだから、彼女から眼を離している時間は無意味以外の何物でもない。

彼は今日も、その時間になると人目に付かないところに隠れて、グラウンドで走っている浅倉朝子の姿を観察する。

(――しかし)

彼は朝子の体操着姿や、その剝《む》き出しになっているよく動く脚を見ながら心の中でぼやく。

(これじゃあ、やってることはただの覗きと一緒じゃねえか……)

公式任務ならまだあきらめもつくが、これはビートの個人的な必要からやっていることであるから、なんとなく後ろめたい気持ちがどうにも消えない。

そしてこうやって見ていても、やはり他の女子生徒たちと異なり、浅倉朝子の鼓動はビートの能力〈NSU〉を以てしてもよく感じ取れない。走ったりした後では呼吸や脈拍が速くなる、そのぐらいはさすがにわかるが、それがどんな感情や状態を示しているのか、今一つぼんやりとして、不明瞭になる。

(……もしかすると)

ビートは、あまり考えたくないというか、彼の苦手な領域のことをあえて考えに挙げてみる。

（俺は……あの娘に一目惚れをして、それでその俺の気持ちが邪魔をしてよく読みとれないんだろうか？）

だが――別に彼女のことをじっと見つめていても、それで自分の胸が高鳴るとかそういうこともないようだ。

（ていうか――むしろ今は腹立たしい気持ちの方が強いぞ）

本来の彼は、こんな風に女子高生の体操着姿を覗き見している場合ではないのだ。フォルテッシモから命じられた〝カーメン〟なる正体不明の存在を追わなくてはならないのである。

（こういう個人的な行動は、さっさと切り上げてしまいたいんだよな――）

とはいえ、彼の能力で感知できない相手がいるというのは、極めて問題だった。能力の限界を見定めることなしに生死を分かつ危険な領域での戦闘はおぼつかない。肝心のときに、頼りにできるのは自分の能力だけなのだから。

（――もしかして、モ・マーダーの叔父貴も、こういう女がらみで生命を落としたのかも知れないな）

そう思うと、多少不愉快でも、ここで浅倉朝子の謎を解明せずして放り出すことはできなかった。

グラウンドでは、体育教師が「はい、じゃあ全員トラックをあと三周」と言っている。

「えーっ」

と女子たちは抗議の声を上げるが、教師がぱんぱんと手を叩いて、

「はい急いで急いで！」

と言うので、仕方なく走り出した。

浅倉朝子は、別に速くも遅くもない。普通のペースで走っている。だがそれが本当にそうなのか、それとも優れた能力を隠すための演技なのか、ビートには判別がつかない。

他の女子ならば、たとえば、

(……あの休んでいる奴は生理とか言っているようだが、実はもう昨日終わっていて、ただサボっているだけだし)

とか、

(あいつは無理しているが、しかし昨日の徹夜の——真面目な勉強がこたえてもうふらふらだ。今に貧血を起こすぞ。教師も気づけよな……)

などなど、彼女たちの鼓動からそのこまかな体調やら心理状態まで推測が可能なのだ。

そして彼の推測通り、一人の女子が急にコースから外れて、その場にへたり込む。きゃあきゃあ、と大騒ぎになる。教師が急いで駆け寄ってくるが、その内心が（これは自分のミスにならないだろうか？）という焦りでいっぱいなのがビートには感じられる。突発的な事態に、人は自分の鼓動を隠すことはできないのだ。

だが浅倉朝子だと、彼女も心配そうに駆け寄ってきたが、それが本心なのかどうか、

（ちっ――やっぱりわからねえ）

ビートは心の中で舌打ちする。

そのときだった。

彼が隠れている場所とグラウンドを線対称にした先に、きらっ、と何かが光った。

（――む？）

そこは木々の茂る林の中だ。

なんだ、とビートは眼を凝らす。遠すぎてＮＳＵの感知外なので、見て観察する。

じっとしているが――どうやらそれはカメラのレンズらしい。

それで、グラウンドの女子生徒たちを狙っていたのだろう。

（――本物の覗きがいやがったのかよ。どうにも嫌になるな）

彼のやっていることは、表面的にはそいつと同じなのだ。

体育時間の終了を待たず、やがてそいつは姿を消した。

（…………）

そいつが誰を撮影していたのか、ビートはうすうす勘づいていた。レンズがわずかに角度を変えて、それで光がビートの目に入ったことから推測して、それは今の貧血騒ぎの中で、一人倒れた少女の方に近寄らず、逆に離れていった女を狙っていたのだ。

正直、ビートには浅倉朝子以外の女子生徒などどうでも良かったので今ひとつ印象に残って

いないが、あの女は、

(確か……佐久間《さくま》とか言ったな)

*

保健委員である朝子は、体育の授業中に倒れた君恵《きみえ》を先生と一緒に保健室に運んだ。

「軽い貧血です。心配ないわ」

そう言われて、体育教師はあからさまにホッとした顔になった。

「駄目じゃないの。調子が悪いときは前もって先生に言うか、休みなさい」

言われて、ベッドに横になっている君恵は首を縮め込ませた。

「すみません……」

弱々しい声で言う。

しかし朝子は知っている。君恵はあまり成績が良くないので、せめて体育のように出席日数が揃っていればそれだけで、それなりの評価がもらえる科目の内申点を落としたくないのだ。この私立の進学校である秋荻高校に彼女を通わせるにあたって、彼女の両親はかなり無理をしているという。彼女はどうしても国立大に行って、学費を減らしたいのだ。

「でも先生、君恵は一生懸命やってたから」

朝子がフォローすると、教師も「まあねえ」とうなずいた。

「今日は出席扱いにしてあげるけど、これからは気を付けるのよ」

「は、はい……」

君恵は恐縮しながらうなずく。

そして教師と一緒にグラウンドに戻るときに、朝子はベッドに寝ている彼女から小声で「ありがと」と言われて、なんだか照れくさくなった。お礼を言われるほどのことは言っていない、と自分では思っていたのだ。

戻っても、もう時間がほとんどなかったので、終了のチャイムまで二分ほどあったが、そのまま整列、礼をして解散になった。

朝子が下駄箱に向かおうとしたそのとき、彼女を、

「ちょっと浅倉さん――いい？」

と呼び止める声がしたので振り向くと、それはクラスメートの佐久間由香里《ゆかり》だった。

「なに？」

「あの――君恵の具合はどうなの？」

由香里はおずおずと、腰の引けた感じで訊いてきた。

「別に大したことはないって先生は言ってたけど――それがどうかしたの？」

「う、ううん。ならいいんだけど――」

「どうかしたの？」

朝子は意外だった。由香里はあまり他人に気を配るというタイプの少女ではないし、現にさっきも、みんなが君恵のことを心配して寄ってきたときも、ひとりだけ〝我関せず〟という感じで離れていったのを朝子は確かに見ていたのだ。

「いや、別にどうってこともないんだけど」

「心配なら見舞いに行ったら？」

「……うーん……」

はっきりしない表情で、由香里は口を閉ざす。

と朝子が少し眉《まゆ》をひそめたときにそれは起こった。

なんだろう？

由香里の足元から伸びて、壁に映っている影の、その色が——なんだかおかしい。

壁の色がやや黒っぽくなるはずの、それだけのはずの影が、鮮《あざ》やかな紫色をしているのだ。

しかも——その影が、本人とは無関係に動いて、

〝……どうすればあやまれるのか、私にもわからないのよ〟

と、口にあたる部分が切り絵のようにぱっくりと開いて、喋った。

（――え？）

朝子は目をこすった。

だが、それはすぐに消えて、どこにも見えない。

「……？」

由香里が眉を寄せる。

「え、えーと――」

混乱したままの朝子は、

「――あやまりたいの？」

と由香里に言った。彼女にではなく、とにかく言葉に出したかったのかも知れない。

すると由香里の顔色が、さっ、と赤くなった。

「――そ、それは――」

彼女は口元をわなわなと震わせて、そして言った。

「あ、あなたには関係ないでしょう！」

そして背を向けて、走り去ってしまった。

なにがなんだかわからないが、彼女の痛いところを突いてしまったのは間違いないようだった。

彼女が決めかねていることを、あからさまにしてしまったような――だが、この今の現象は、
もしかして――

（まさか——今のことって〝モーニング・グローリー〟の感覚が……）

それは彼女に幼い頃からあった感覚だ。他人が〝どうしようか〟と悩んでいることを、ズバズバと見抜いてしまうという、奇妙な感覚である。

だが、それはあくまでなんとなくであり、今のように幻覚を伴うものではなかったはずなのだ。

（——それが……成長している？）

少なくとも、前よりははっきりとした現象になっている。

（私に——いったい何が？）

朝子が茫然としていると、また後ろから声がかけられた。

「おい——」

振り向くと、それは同じクラスの謎めいた生徒である世良稔である。ピート・ビートという本名を彼女は知らない。

「あ、せ、世良くん？」

朝子は彼を前にすると、ちょっとドキドキしてしまう。

「な、何か？」

男子も、女子と同じように体育の授業を受けていたはずなのに、チャイムが鳴る前の今の時点で、彼はもう制服姿だ。

休んだのだろうか？　それにしては元気そうである。

（サボったのかしら……？）

もちろん、彼女はビートの内心を知らない。

「おまえ、今さ――佐久間って女と話してたな。友だちなのか？」

いきなり言われたので、驚いた。

「え？」

他の女の子のことを彼に訊かれると、なんだか――だがビートはそんな彼女の胸の裡《うち》など無視して、

「えーと、佐久間ミドリ、だっけ？　名前違っているか？」

と間抜けなことを真顔で言った。

朝子は一瞬目を丸くして、それからおずおずと言った。

「う、うん。由香里よ、ゆかり」

「そうか――まあ、どうでもいいんだが」

ビートは名前を間違えていたと知っても、別に悪びれもせずにうなずく。

「由香里がどうかしたの？」

いくぶんホッとしながら、彼女が訊《たず》ねると、世良は意外なことを言った。

「あいつ、ストーキングされてるぜ」

「……え？」

「カメラでこっそりと、あいつを撮っている奴がいる。友だちなら教えてやりな」

「……自分で、言わないの？」

「俺にはどうでもいいんだよ」

ビートは素っ気なく言った。

「あんたも気にならないなら、ほっときな」

「……なんで私に言うの？」

当然のことを訊いた。しかしこれにビートは、

「…………」

と少し口をつぐんだ。するとそのとき、

（——あ）

朝子の目に、またそれが起こった。

世良稔の足元から伸びて、廊下の向こうに斜めに映っている影がみるみる青色に変わっていき、そしてその影が本人とは無関係に、

〝俺は実のところ、とても怖がっている〟

と喋った。その声は、どうやら現実の音ではなく、朝子の心の中にだけ聞こえているらしい。

（な――なんなのよこれは？）

彼女は動揺を隠しきれない。

今までも自分はちょっと変わっているかも、とか思わないでもなかったが、だがこんなはっきりとした異状ではなかった。これはなにかの――病気なのだろうか？

（――そういえば……）

突然に彼女の脳裡《のうり》に、去年通っていた予備校のことを思い出す。そこの高校受験コースを受けていたのだ。

そこにはカウンセラーの先生がいて、彼にはなんでも相談できると評判だった。誰がどんなことを訊いても、その相談者の心の奥に直接に響くような、しかし決して厳しすぎるということもなく、的確なアドバイスをしてくれるのだ――と。

彼女もなんどか勉強法などの相談をしたことがある。

そのときに、一度だけ、モーニング・グローリーの感覚について喋ったことがあった。あれは……

＊

「先生――先生にはなんか、こう……急にピンとくるっていうか、そういうのってないですか？」

朝子はとりとめのない雑談の一環として、つい口を滑らせていた。

「……ふむ?」

カウンセラーの、美大受験コースの講師でもある男は軽くうなずいた。まだ若い。二十代の始め、といったところだろう。朝子は詳しく知らないが、大学生なのかも知れない。

「それは人と話していると、その内容からわかってしまうとか、そういうことかな」

男は質問をしてきた。

「えーと、まあそうなんですけど、それだけじゃなくって。脈略はほとんどなくって」

「脈略がないのは君の方じゃないだろう?」

男は言葉を探している彼女に向かって言った。

「え?」

「その場合、唐突なのはむしろ相手の方だ。相手が突然に、自分が内包《ないほう》している問題に気がつく、それが君にはわかる、ということじゃないのか」

「ないほう、ってなんですか?」

その言葉の意味がわからなくて、彼女は聞き返した。

「内側に元々ある、というような意味だよ。この場合はなにかが、その人の心の中でぐるぐると回っているけど、外に出ないままでいる——という感じかな。違うかい?」

男の説明に、彼女は大きくうなずいた。

「そう！　そうです、そんな感じなんです」

「人間は色々と、解決の付かない問題を抱え込みながら生きているものだ。君のその〝勘《かん》の良さ〟みたいな感覚は、本来なら明らかになっているはずのものを、その人がどうしてか隠そうとしていることに対する違和感のようなものかも知れないね」

「違和感？」

「それを感じるとき、君は〝どうして自分でわかんないんだろう？〟と思うんだろう？　極めてはっきりしているのに、って」

「はい」

その通りなので、朝子はうなずいた。男もうなずき返して、

「だが本人たちにはそれがわからない——その矛盾は、いつかは解消されるものかも知れないし、あるいはその心の中で隠している問題は、呪《のろ》いのようにその本人を蝕《むしば》んでいくのかも知れない」

と、彼はよくわからないことを言った。彼はかすかにかぶりを振って、

「たぶん君は正しいのさ。正しすぎるんだよ。だから他の人のおかしなところに、どうしても気がついてしまう——君自身には何の問題もない。問題があるのは世界の方だよ」

と静かな口調で言った。

「……世界、ですか？」

「そうだ──世界には問題が多い。覆い隠されていることも数知れない。たとえばそれは、例の〝カーメン〟とか──」

彼は、朝子には意味不明の単語をまた、さらりと口にした。

「カー……なんです?」

この彼女の問いに、しかし今度は男は無視して言葉を続けた。

「しかし、君は気にすることはない──君は、君の心の中で咲いているその朝顔の花のように、その感覚を大切にしていけばいい……他の人に気味悪がられることがあるとしても、それは君が気持ち悪いんじゃない……世界の方がグロテスクなのさ」

男は、彼女の首と胸の間の空間に目を向けている。そこに何かがある、とても感じているかのように。

「──あまり気にするな、ってことですか?」

「そういうことだ」

彼はやさしく微笑んでみせた。

……男はアドバイスだかなんだかわからないことしか言わなかったが、なんとなく彼の言った〝心の中のアサガオ〟というイメージは気に入った。

辞書を引いて〝モーニング・グローリー〟という言葉を見つけたのはその夜のことだった。

＊

――そのモーニング・グローリーの能力が、今……おかしなことになりつつある。

さっきの佐久間由香里の時と同じように、世良稔の背後の影も、すぐに普通の影に戻る。

「……あ」

「どうかしたのか？」

ビートの訝《いぶか》しげな顔に、彼女ははっと我に返って、一年前の思い出から現実に帰る。

「な、なんでもないの――」

いくらなんでも彼に向かっていきなり〝何を怖がっているの？〟とは訊きにくい。

「わ、わかった――由香里に言ってみるわ。本気にするかどうかわからないけど――それじゃ」

彼女は急いで彼から離れて、更衣室に向かって走っていった。

「お、おい――」

ビートは彼女の背に声をかけたが、彼女は振り向きもせずに行ってしまった。

（……不審がられたかな？）

さすがに唐突すぎたかと、やや反省する。しかし、とにかくあの娘の色々な反応を見なければならない以上、機会がある毎《ごと》に話しかけたり様子を見たりしなくてはならないのだ。

（うーむ……女に話しかけるなんてのは慣れていねーんだよなア——）

まったく、こいつはとんだ苦行《ディシプリン》だった。

ビートは頭をくしゃくしゃと掻《か》いた。

そのとき、

「………！」

ビートは背後から何者かの視線を感じて、振り向いた。

見ると、学校の入り口に一人の人間が立っている。ネクタイを締めて、ブレザーを着ている。少年だった。

年齢はビートと同じくらい——華奢《きゃしゃ》な印象のある身体をしている。背はビートよりもやや低い。女性的というか、なよなよと頼りなさそうな印象があるが、顔立ちそのものは整っていて、キリリとしている。

彼は上目遣いに、やや睨むような目つきでビートを見ている。

（今——）

ビートも彼を睨み返した。

（こいつの鼓動よりも先に、その視線を感じたような……？）

だがこうして見ながらだと、もう鼓動も感じられる。ごく普通の人間だ。

「——君は」

少年が話しかけてきた。

「ここの生徒ですか？」

その言葉と共に感じられる鼓動にも何ら異状はない。

「ああ。あんたは？」

ビートの質問に少年は答えた。

「奈良崎克巳《ならざきかつみ》と言います。今度この学校に転校してくることになって――」

少年は軽く頭を下げた。

「……そうか」

どうにもビートは変な感じがした。この克巳という少年の鼓動には、確かに異状はないのだが、なにか――

（こいつの眼が、なにか気に掛かる……）

時折、こちらの心の底まで貫き通すような、鋭い眼つきをする。しかし別にそこになにか感情の揺れを示す鼓動は伴っていない。

「君は？　一年生ですか？」

「ああ――」

「いい学校のようですね、ここは？」

「らしいな。少なくとも勉強するのにはいいようだ」

「君も入るのに苦労したかい？」

「まあな」

会話をしながらも、得体の知れない気配がこの克巳から漂ってくる。それは能力とは関係のない、ただの勘みたいなものだった。

なにか複雑な人生でも歩んでいるのかも知れない。たとえば親がいなくて、どこかの金持ちに〝お小姓《こしょう》さん〟として囲われているとか——そうであってもおかしくないような美形で、雰囲気ではある。

「僕も苦労しましたよ。とんだ廻り道をした。でも——」

克巳はくすくすと笑った。

「どんな迂回路《うかいろ》を通ろうとも、目的地に着ければそれでいい。違うかい？」

「——何が言いたいんだ、おまえは？」

回りくどい言い方に苛《いら》ついて、ビートはやや強い声を出した。

「まず事務の受付に顔を出せと言われているんだが、どこにあるか知っているかい？」

彼は、転校生がする当たり前な質問をした。最初からそれが訊きたかったらしい。

ビートは教えてやった。すると克巳はまた頭を下げた。

「ありがとう、助かったよ」

「大したことじゃねえ」

「いや、突然に声をかけたのに、親切に教えてもらったんだ——君がしてくれたことは決して忘れないよ」

なんだか大袈裟《おおげさ》なことを言う。

握手を求めてきたので、ビートはとりあえず握り返してやった。

「——どうも」

克巳はにっこりと笑った。

その瞬間だった。

ガラスが割れる音がした。振り返ったビートの眼前に、その切っ先が飛んできた。

ビートは克巳の手をとっさに振り払って、そのガラスを二本の指で、

——はしっ、

——と瞬時に挟み取った。

見ると、廊下に硬式野球のボールが転がっている。

（そういえば——俺がサボった体育授業ってのは、野球だとか言ってたな）

どうやら偶然にも、彼のいたこの場所にボールが飛び込んできたらしい。

同時に、授業終了を告げるチャイムが鳴った。

そしてビートが顔を戻したときに、もう克巳の姿はどこにもなかった。

どうやら、ガラスが割れたのにびっくりして逃げてしまったらしい。大仰《おおぎょう》なことを言っていた割に情けない。

（――なんだったんだ？　あいつは……）

ビートはガラス破片を放り捨てると、それを上履きの底で踏みつぶした。

ぱきっ、と砕ける嫌な感触がした。

2．

昼食は、ほとんどの学生が食堂でとる。別に弁当の持参が禁じられているわけではないので、持ってくる者もいるが、食堂に持ってきて友だちと一緒に食べることが多い。

ビートも毎日、それに倣《なら》って日替わり定食を食いに来ている。

ビートには苦手なものがなく、食べられるものなら何でも食えるが、たとえば安っぽい作りのクレープを好むフォルテッシモなどとは違って、特にこの食べ物が大好物というものはない。甘いものも激辛《げきから》のものも、なんでも平気だ。

（その辺が、俺の半端《はんぱ》なところを表してんのかもなあ――）

焼き魚を骨ごとばりばり喰いながら、ビートは、自分が嫌いなものはなにか、というほとんどどうでもいいことを考えていた。

（よくピーマンとかタマネギとかいうが……別に野菜はどいつもこいつも野菜だしなあ）

味音痴《おんち》なのかも知れない。いや、たとえば食事に薬物が混じっていたりするのはすぐにわかるので、鈍いわけではない。塩分がどのくらいの割合で入っているか、とかそういうこともそれなりにわかる。

食事というものに対して、態度を決めかねている、そんな感じなのだ。

〝物事に当たるに於いて、最も重要なことは自分はどういう立場で、それに接するかということだ、ビート君〟

彼の叔父だった佐々木政則ことモ・マーダーは、彼に戦闘技術を教えるときによくそう言っていた。

〝いざというとき――自分が進む方向は右か左か、というようなとき、頼りにできるものはつまらないことであることが多い――単なる勘だったり、好き嫌いだったりする。だがそれを前もってはっきりさせておかないと、取り返しのつかない遅れを喫《きっ》してしまうことがある〟

どんなにつまらないことであっても、好き嫌いを明確にしておくのは精神の鋭さにつながる——というようなことだろう。なんでもいい、というのは、実は何も決めていませんといっているだけなのだ。

（……とはいえ、叔父貴よ——まずいって思えないのはどうすればいいんだ？）

ガソリンは確かにまずいと思うし、とても飲めたものではないが、食べ物の好き嫌いというのはそういうものではないのだろう。

（うーむ）

考えながらも、ビートは大盛りの飯を喰らって味噌汁でそれを喉の奥に流し込んでいる。漬け物から付け合わせのフルーツまですべてを片づけるのに三分とかからない。えらい早食いだが、丸飲みに類することは消化に悪いのでしない。ものすごい速さで咀嚼《そしゃく》して、食べ物を噛《か》み砕いているのだ。そのくせクチャクチャいう音がほとんどしないのは、マナーでも何でもなく、常にビートが周囲の鼓動を感じ取るのに障害となるようなことを避けているためだ。一応修練のたまものではあるが、この辺は本人もなかば無自覚にやっている。

あっというまに食べ終わり、彼はセルフサービスの盆《ぼん》を返却口にまで持っていく。早すぎるためにその横ではこれから食事をカウンターから受け取っている者たちが少なからずいた。

そして彼が盆を置いたそのとき、背後から、がつ、という鈍い音がした。

ん？　となにげに眼をやったが、それがすぐ驚愕の表情に変わる。

目の前に高熱が迫ってきた。

それは八十度から九十度はあろうかという熱湯に類するものだった。

床の出っ張りに足を引っかけた者が、手にしていた作りたてのラーメンを、思いっきりビートの方に、偶然にもぶちまけてしまったのだ。

「——わっ！」

ビートは反射的に跳び退《の》いていた。それでも間に合わず、足元に熱いスープが掛かった。

「熱《あ》ちち、なにしやがる！」

思わず毒づいてしまう。突発的なことだったので、相手の鼓動にも変化がなく、避《よ》けきれなかったのだ。

「あー……」

相手は別にビートのことなど気にもせずに、ただ茫然と突っ立っている。

「おい、おまえなあ——」

文句を言いかけたところに、食堂の職員がやってきて散らかったラーメンの中身や割れた丼《どんぶり》を片づけ始めた。

「ほら、どいてどいて」

言われて、ビートは仕方なく下がった。

足を見ると、かるく火傷している。

(くそ――まともに頭から被《かぶ》っていたら大火傷《やけど》だったぞ。危ねーなあ)

ぼやきながら、ビートはとりあえず保健室に行って薬でも塗ってもらおうと思った。手持ちの緊急治療キットをこんなところで使うのも馬鹿らしい気がしたのだ。

すこし足を引きずるようにして廊下を歩いていくと、出入りの業者が校内の照明器具を取り替えている所にさしかかった。

脚立《きゃたつ》を立てて、その上で蛍光灯を取り外している。

ビートはその横をすり抜けようとした。

すると、上の方で軽い動揺の鼓動がした。

ビートは上を向いた。すると脚立の業者は蛍光灯を落としていて、それがビートの頭に当たりそうになっている。

「――!」

ぱしっ、と受けとめる。

「ああ、悪い悪い」

おざなりに詫びられ、蛍光灯を取り上げられた。

「………」

ビートは釈然《しゃくぜん》としない。

そしてさらに階段の前を通り過ぎようとしたときに、かつ、とまた何かがつまずいたような音がした。

見ると、階段から教師が転んでビートに向かって落ちてくるところだった。

その手にしていた、箱入りの分厚い百科事典数冊の、その角がもう少しでビートの頭に直撃するところで、彼はあわててすべてを受けとめた。腰が変な風にねじれて、ぐきっ、と音を立てた。

「ああ、すまないね――」

教師は簡単にあやまっただけで、すぐに去っていく。

(――妙だな……?)

なんだか――変な偶然が続いている。別に悪気がない連中が、みんなビートの側で不手際をしでかしている。

奇妙な気持ちを抱えたまま、ビートは保健室の扉を開けた。

「すいません、火傷の薬を少しもらいたいんですけど――」

声をかけたが、保健医はデスクの上に顔を埋めて居眠りしていた。他の人間はいない。午前中の体育で倒れた女子も、もう回復して戻ったらしい。

(――まあいいか)

ビートは保健医を起こさずに、自分で薬を探すことにした。

「えーと……」

そして彼が彼女に背を向けたら、寝ている彼女の身体がぴくぴくと震えだした。悪夢を見ているらしい。

ビートは気がつかない。

そしてビートの手が治療器具のところに伸びたときに、彼女はわっと飛び起きた。

その勢いで座っていた車輪つきの椅子が後ろに向かって滑っていく――ビートの立っている所に。

ビートの背に椅子が命中し、彼は手にしていた器具箱を取り落とす――その中に入っていたハサミが宙に舞う。そしてその切っ先はビートの胸元に吸い込まれるように落ちていき――

「……!」

ビートはとっさに手でそれを振り払う。だが刃先が手の甲にモロに傷を付けた。

血が吹き出した。

「――ぬっ……!」

ビートが手を押さえるのと、器具箱が床に落ちてがしゃんがしゃんと音を立てたのは同時だった。

「な、なに?! どうしたの?!」

正気に返った保健医が椅子から立ち上がって、喚《わめ》いている。

だがビートは、もう彼女にはかまわないで、そのまま保健室を飛び出した。

(な、なんだこれは……おかしい、絶対におかしい！)

不安は完全に疑念に変わっている。

運が悪い——そう言われれば確かにそうなのだが、それにしても出来過ぎだ。

ビートは他の人間の鼓動から、その行動を察知している。ということは逆に言えば、鼓動に現れない無自覚の、突発的な事態に対しては、普通の人間と同じ対応能力しかないということである。

まさに、その一点ばかりを突いた事態が二度も三度も連発するのはあまりにも不自然だ。

(まさか、何者かの攻撃なのか……？　だがそれにしてはあまりにも回りくどいぞ)

ラーメンをぶっかけた奴も、蛍光灯を落とした人間も、百科事典の教師も、保健医も、誰にも攻撃的な鼓動は皆無だった。自分もまた運が悪かったとか、思いも寄らないことだとか、そういう鼓動しかそこにはなかった。これは間違いないし、そしてビートは自分の能力より他に頼るものはないと心に決めている。

彼らは加害者ではない。

とりあえず、そのことだけは断定することにした。

(そうだ——ここで悩んでいてはいけない。もしほんとうに攻撃だとしたら——こうやって俺を混乱させることこそが、第一の目的かも知れない)

彼は疑心暗鬼《ぎしんあんき》になりそうな自分に注意しながら、他の者たちが来そうにない校舎の裏手にまで逃げてきてから、やっと手の甲に付いた傷を見直した。

相当に深く切れてしまっている。包帯を巻いておかないと血が止まりそうにない。

（しかし——俺のＮＳＵは手のひらの表面皮膚で感知する能力。そのひとつが包帯で塞《ふさ》がれてしまうのはうまくない——）

とはいえ、傷が開いたままでも能力はどうせろくに使えない。彼はあきらめて手持ちの治療キットを使って治療にかかった。

（しかし、それにしても——攻撃だとしたら、いったい何をしやがったんだ？　害を加えてきた連中には、特に共通点などなかったのに……こいつはなんなんだ？）

＊

（こいつはなんなんだ——と、今はまだ、そう思っている段階だろう？　なあ、ピート・ビートよ）

包帯を手に巻いているビートの姿を遠くから観察する人影がある。学校の隅にある倉庫の物陰に隠れて、ＮＳＵの感知能力の射程外から、その女のような顔立ちに似合わない鋭い眼つきで見据えて、視線を外さない。

それはさっき、奈良崎克巳と名乗ってビートに近づいてきた本人である。

(だが――このラウンダバウトの攻撃に、貴様はもうはまってしまっているのだ――もはやこれを破る方法はない)

かなり離れているというのに、こいつの眼の焦点はビートの顔の微妙な表情にまでぴたりと照準が合っているらしい。

(どんなに回りくどく思えても、確実に――貴様を追いつめていくことになるのだ……)

ラウンダバウトはニヤリと笑いながら、ピート・ビートの怯えたような表情を観察し続けている。

3.

世良稔が昼休みを挟んで、午後の授業から出てこなくなったのに気がついて、朝子は落ち着かない気持ちになった。

(どうしたのかしら……?)

しかし、その間にも授業はどんどん進んでいく。基本的にこの学校での授業はペースがとても速いので、他の学校のように注意を逸らしたりしているとたちまち置いていかれて、クラスを変えられてしまう。朝子も世良のことを気にしつつも、ノートを取る手は休むことがない。

（もしかして……彼）

教師が説明してることを、ほとんど自動筆記のように書き写しながら、朝子はそれでもぼんやりと考える。

（たった今も、なにかの〝任務〟に就いているのかしら？　もしかして特別な彼なら、私のこのモーニング・グローリーの不思議さも解説してくれるかも……）

彼女は何も知らない。

彼女の能力を説明できる者などまだこの世のどこにもおらず、そしてビートの属しているシステム、統和機構は特殊な能力の持ち主を、殺すか味方にするかの、二つにひとつしか許さないのだ、ということを。

あれからは、別に他の人の影が勝手に喋りだしたりすることはない。それは一安心だったが、いつあれが始まるか、それを考えるとどうにも怖い。

（……でも、怖いと言えば）

世良稔は、なにかを怖がっているらしい。しかも自分でその恐怖のことを考えないようにしているというか、気がついていないというか、そういう状態にあるらしい。

なんとなく……そのままにしておけない気がする。

（うーん……）

と心の中で唸《うな》っていると、

「ここはよく試験に出てくる重要ポイントだから注意するように。関連問題もフォローしておくといいぞ」

という教師の言葉に朝子ははっとして我に返る。あわてて停まっていた手を動かす。

（……ったくもう、せわしないわね……！）

勉強は嫌いではないが、こうもせかされると時々イライラする。

別に浅倉家では「何がなんでもいい大学に行け」みたいなことは言われないので、今から進学先を短大にすると言っても両親とも「好きにしなさい」としか言わないだろう。

だからこそ、逆になんだかサボれないということもあるのだ。

この秋荻高校に決めたのは、実のところ中学の時の教師に「あなたならここを狙えるわよ」と言われたのに従っただけだったのが、入った後でも別に、厳しい勉強に後悔したことはない。やりがいがある、ぐらいに思っている。

ただ——

（ただ、ねえ——なんていうか）

たぶんこれは、別にこの学校だけでなく、どこの高校に通っていても同じなのかも知れないが、奇妙な焦りみたいなものが湧《わ》いてきて仕方がなくなることがある。

〝自分はほんとうに、こんなところにいて、こんなことをしている場合なのだろうか？〟

——と、他にもっとやらなくてはならないことがあるような気がして、どうにもイライラするのだ。

それがなんなのか、全然見当が付かないので、漠然とした焦りなのだが。

数式をノートに書き付けながら、人生もこんな風に綺麗に、論理的に筋が通っていれば楽だろうか、それともそれでは味気なさ過ぎるだろうか？

「——だからこの場合は」

気がついたら、また先生の話がどんどん先に進んでいる。

どうにも気が逸れて、勉強に集中できない。

（ええい——こういうときはもう、仕方がない）

朝子は思いきって、手を挙げて立ち上がる。

「——先生！」

「な、なんだ浅倉？」

「気分が悪いので、ちょっと休んできます！」

元気いっぱいの、力のこもった声で宣言してしまった。

「——あ、ああ、わかった」

教師も、ついうなずいてしまう。

「失礼します」

きびきびとした足取りで、朝子は教室から出て行ってしまった。

「…………」

クラスは、少しのあいだ妙な沈黙で満たされた。

えへんえへん、と教師が咳払《せきばら》いして、

「さあさあ、続きだ」

と授業を無理矢理再開させた。

（——なんなのよ、あの娘は？）

佐久間由香里は、朝子の態度に最も戸惑っていて、一番むかむかしていた。

さっき——もう本人である君恵は回復して、教室に戻っているが——ちょっと体育の時間の後で朝子に質問をしたら、いきなり「あやまりたいの？」と逆に訊かれた。

あれは何だったんだろう？

あのときは、なぜだかとてもびっくりしてしまい、どう反応していいのかまったくわからなかったが、思い返すとだんだん腹立ちを感じ始めた。

何に怒っているのか、それが自分でもわからないところがますます苛立つところである。

（わたしがあやまる？　誰に？）

倒れた君恵に、だろうか？

それは——確かに、ちょっと心に引っかかっているものがあって、それで君恵が倒れたときも（ああ、やっぱり）としか思えず、それで殊更《ことさら》に驚きもしなかったのだが――でもそれは別に自分が悪いわけではない。

ただ――この前の小テストのときに、君恵が珍しく高い得点を取ってはしゃいでいたので、つい、

「でも、これを維持しなくちゃ何の意味もないんだからね」

とか、自分の成績が良くなかった嫉妬《しっと》も手伝って余計なことを言ってしまったのだ。君恵は思いこむタイプというか、すぐに視野が狭くなってしまうので、きっと無理をするだろうな、と思ったが、しかし特にフォローもしなかった。

そうしたら案の定――という訳だったのである。

（しかし別に、そんなことを気にしていたわけじゃないわ）

由香里は心の中でうなずく。

自分は周りから〝どこか冷たい女だ〟と思われているし、実際にそうなんだろうなと自覚もしている。友だちだからってあんまりベタベタするのは好きじゃないし。連れだってトイレに行く連中を見ると馬鹿じゃなかろうかと、どうしても思ってしまうし、やたら甘えた声を出す女の子には鳥肌が立つ。そういうどこかキツイのが自分なのだと思う。

だから――あやまりたい、なんて気持ちが自分にあるとはちょっと信じられない。

（でも――）

でもそれなら、どうしてこんなに動揺してしまっているのだろう？

（浅倉さんは——そりゃあ彼女はなんか、妙にカンがいいところがあるし、わたしも彼女が馬鹿な娘たちと同類とは思わないけど、でも——）

彼女がぐちぐちと心の中で独り言を呟いていると、教室の扉をノックする音が響いた。

ドアから顔を出したのは、学年主任の教師だった。

「あの、佐久間さんはいますか？　佐久間由香里さん」

「はい？」

由香里はなんだろう、と思いながら立ち上がった。

「あなたの親戚《しんせき》という方から学校に電話が入っています。なんでも急な用事だそうです」

「親戚？」

突然に言われて由香里は戸惑いを隠せない。

「よろしいですか、先生」

「え、ええ」

主任に言われて、教師もうなずく。

「早く行ってみろ、佐久間」

「わかりました——」

由香里は席を立った。

主任教師に連れられて、彼女は廊下を進む。授業時間中に、それとは無関係に歩く学校の中というのは不思議に静まり返っていて、由香里はなんだか不安が増大する。

「あ、あの先生、親戚ってどんな――」

おずおずと訊いてみる。

だが、ここで思いも寄らぬ反応が返ってきた。

「さあ？　どんな奴だろうね？」

面白がっているような、ふざけた調子の声で言われた。

「なにしろ――そんな奴ア、どこにもいないんだからね？」

「え？」

「ここ最近――君は自分がストーカーに狙われていた、みたいな感じはしていたかな？　なかった？　いかんなあ、注意力不足というものだよ、それは――君は歴然と、狙われて、観察され続けていたんだからね――」

そして振り向いた、学年主任の顔を見て由香里の血が凍る。

そこにある顔は、先生のそれではなく――見たこともない女のものに変わっていたのだ。

「――ひ」

と悲鳴をあげようとしたときにはもう遅く、由香里の口には催眠薬をたっぷりと染み込ませたタオルが押し当てられていた。

「…………！　……！　……」

遠のいていく意識の中で、由香里が最後に思ったことは——

（——やっぱり、あの娘にあやまっておけばよかった……）

という後悔の念だった。

4.

「……さてと」

学年主任の格好をしている女は、人気《ひとけ》のない屋上付近の階段に気絶した佐久間由香里の身体を運んできた。

顔は女性なのに、体型は中年男性のそれという奇怪な姿をしているそいつは、ごきっ、と肩を鳴らしながら一回転させた。

すると——その身体がまるで空気を抜かれた風船のように急速に縮む。骨格そのものが変形して、男性のものから女性のものへと変形してしまった。

服を素早く脱いで、そして用意されていた箱にしまい込むと、そのまま今度は佐久間由香里の服を脱がし始める。何もかも、全部剝《は》ぎ取ってしまって、そして自分の身体に着けていく。体型が違うので所によってきつかったりブカブカだったりするのだが、それには構わない。

　そして、また身体をごきごきと鳴らして変形を始めた。それは身体だけではなく、目の前の佐久間由香里そっくりの顔立ちにみるみる変わっていく。

「ふふふ——この佐久間由香里の体つき、なかなか感じのいいバランスだわ」

　静かに囁く、彼女の名はパール。

　その変身能力から、複数の人間を兼ねるという意味を込めて〝パールズ〟と呼ばれることもある。

　統和機構に敵対する地下組織〈ダイアモンズ〉の中核メンバーで、統和機構によって造られた合成人間である。

　彼女はこの学校に入り込んだピート・ビートを追って、自分がなりかわるのにふさわしい対象を探していたのだ。

　そして、今その作業は完了した。

「由香里さん——あなたはあんまり周りと接触を取らないし、少しばかり様子がおかしくったって〝あの子は元々そういうヤツだから〟で済んでしまう——」

　パールはひそめた声でせせら笑う。

「まったく都合のいい人よ。あなたがいてくれて、本当に助かったわ」

　そしてすぐさま、気絶した少女の身体をさっきの箱の中に、膝《ひざ》を抱えさせてしまいこむ。殺してもいいのだが、死体というやつはなんだかんだ言っても後々発見される可能性が高いので、この女は〝保管〟するだけだ。そしてパールがもうそれ以上化ける必要がなくなった後で、再び元に戻すという寸法である。

当然なりかわっていた間に本人には記憶の欠落があるが、しかし、

（人間というのは、出自とか所属などは気にする癖に、自分自身の過去の経験とか蓄積のことをほとんど気にしないもの――そこに私のつけ込む隙がある）

完全に箱に入れられてしまった佐久間由香里は、びっくりするぐらいに小さいサイズに隠されてしまった。よく奇術師がやる、箱の中に入れた人間をギロチンで真っ二つ、というマジックがあるが、そのタネは二人の人間を使っていると皆知っているつもりでいるが、しかし具体的に、人間の身体というものがどれほど小さくたためるものかということに関しては、あまり知っている者はいない。

箱に入れられて運び出されても、誰もその中に人間が入っていると思う者はいない。その辺も、パールが潜《もぐ》り込むための死角になっているのだ。

パールが少しの間そこで待っていると、さっきまで校内の蛍光灯や非常灯などを点検して回っていた業者がこの場所にやってきた。

「遅いわよ。予定よりも二分遅刻だわ」

パールは彼に注意した。

「すまない。いや途中で、なんだかわからないが蛍光灯を取り落として生徒にぶつけそうにな

ったりして」

「言い訳はいらないわよ。それよりはやくこの箱を運び出して」

パールは、ダイアモンズの下部構成員に辛辣《しんらつ》な声をかけた。

「ああ――」

（ふん、まったく――どうにも統和機構に比べて構成員の質は落ちるわね。ま、仕方のないことだけど――）

心の中で毒づく彼女だが、だがこのパールにも、この大して事情を知らない男がさっき、無意識の内に攻撃をさせられていた相手こそが世良稔ことピート・ビート本人だとは思いも寄らない。もう、とっくに事態が進行中であることなど、さすがの百面相《パールズ》であっても想像を超えることだった。

＊

（ええい――いつまでも隠れてたって、埒《らち》が明かねえ！）

ずっと隠れていたビートは決断した。

校舎の裏手の駐車場の、植木の茂みから身を起こす。

あれから数時間が経過したが、攻撃とか探りを入れてくるとか、そういう兆候《ちょうこう》はまったくない。あるいはほんとうに、ただの気のせいなのかも知れないという気もしてきている。

（今は——まだ授業中か。どうする？　今からでも教室に戻るか？）

静まり返っている校舎の方に眼を向けながらビートは考えた。

そのとき、彼の背後でかすかに石が地面にこすりつけられる、かりっ、という音がした。

はっ、となって振り向いたが、駐車場には別に何もおかしなことはない。付近にも、怪しい鼓動もない。空耳だったようだ。

（いかんな、どうもピリピリしすぎているようだぜ）

ビートは顔を戻した。

だが——その彼の後ろで、今タイヤと地面の間の石を挟み込んで音を立てた車が、ゆっくりと動き出す。

サイドブレーキが作動していないそれが、坂になっている駐車場の中をゆっくりと加速していく。

その先にあるのは、もちろんビートの背中だ。

加速はみるみる凄い速度になって、ビートに迫っていく——

「——！」

ビートが気づいたときには、もう車は停めることのできない勢いで突っ込んでくるところだった。

彼は慌《あわ》てて地面を蹴って、後先考えずに跳躍した。

紙一重で間に合った。ビートの爪先をかすめて、車はそのまま彼が隠れていた植木の茂みに激突して、それを押し潰して行った。

そのまま植木を乗り越えてさらに突進し、そして壁に派手に激突した。

そしてビートは、その跳躍した身体は宙を舞って、そして駐車場に隣接している学校プールに頭から飛び込んでいった。

季節外れの水飛沫《しぶき》が高く上がった。

「――ぶ、ぶはっ！」

ビートは必死で濁《にご》りきった水の中で体勢を立て直した。水が入っていて助かった。もし空っぽだったら、身体を固い床面にしたたかに打ちつけていたところだった。

（こ、こいつは――こいつはもう偶然ではありえねえ！）

彼が隠れていた茂みに突っ込んでくるように、車のサイドブレーキを細工した奴がいる。それもＮＳＵの感知能力限界の、ぎりぎり外に停められていた車を、だ――これは明らかに攻撃を受けている！

だが――しかし、

（いったい何者が、だ――？　俺がフォルテッシモから受けた任務に……例の〝カーメン〟と関係があるというのか？）

だが、彼はまだその足元どころか、それが組織なのか個人なのか、それともなにかの秘密情報なのかすらわからないのだ。それなのに、任務とは全然関係のないはずの学校にまで現れて、襲ってくる者がいる……ただ近づこうとしているというだけで。

（こ、こいつはなんなんだ？　フォルテッシモよ——あんたはいったい、何に首をつっこんじまったんだ？）

彼にたまたま、押しつけられるようにして、あてがわれた任務。

それは統和機構の、その重要な部分に関係することなのだろうか——と思いかけたが、しかしこのときのビートにはあまり物事を考えている余裕はなかった。

プールの上空で、何か線が流れている。

風に乗っているのか、ぶらり、と黒い糸のような物がこっちに向かって伸びてきている。

その端は切断されていて、その一方の先にあるのは——

電信柱だった。

「——なにいっ?!」

ビートの表情が恐怖に強張る。

まさか、敵が車を突っ込ませてきたのは、最初からビートに、このプールに飛び込ませるためだったのか？

全身を水に濡れさせて、そしてそこに切断された黒い線を——すなわち伝導体が顔をのぞかせている送電線を落とせば、それは即ち……

（——ま、まずいっ！）

全身が濡れていては、皮膚表面の電気抵抗など無関係に、感電衝撃が彼の心臓を確実に直撃する……！

ビートは再び跳ぼうとした。だが足がプールの底に生えた苔《こけ》に取られて、ずるっ、と滑った。

「な——」

そして次の瞬間に電撃のスパークが水面に接触して、そして空気が焦げるおぞましい臭いと激しい白煙が爆発的に上がった。

幕間 *interphase*

「…………」

人里離れた山小屋には今、彼が一人だけだ。もう一人の男は出掛けていて留守にしている。

彼は表に出て、座禅を組んで考え事をしていた。

「…………」

考えているのは彼の仕事と能力のことについてだが、今一つまとまらないので思考はあちこちとりとめのない方向にさまよう。

（そういえば絶体絶命の危機というのがあるけど——僕も一度死にかけたあのとき、どうやって助かったんだろう？）

彼を育ててくれた老人は、昔いろいろと悪いこともしていて、何度も死にかけたと言っていた。

「絶体絶命の危機から助かったというのは、しかし自慢にはならんよ」

老人はしみじみとした口調で言っていたものだ。

「要するに、その前に決定的な失策を犯してしまっているから、そういう羽目に陥るんじゃ。本当は」

「うーん、でもそんなこと言っても、前もって危ない目に遭うことがわかんないんだからしょうがないんじゃないのかな」

子供だった彼がそう抗弁すると、老人は微笑んで、

「それは想像力の欠如、というものじゃよ。自分が今、どういう環境にいるか、それをよく考えておけば危機は前もって推測がつく。不意打ちの、自分がまるで知らぬ方向からの攻撃であっても、覚悟ができていればそれは危機ではなく、ただの段階に過ぎなくなる」

「段階？　何への？」

「攻撃してきた相手に対して近づくための、自分が知らぬことを知っていく段階じゃよ。それを積み重ねていくのが、生きるということではないかな」

……老人は、彼にそんなことを言ってからしばらくして、外で死んだ。死んだということを告げられただけなので、彼自身は老人がどのように死んだか知らない。それが苦しいものでなかったことを祈っているが、しかし、きっと老人からすればそれは予想されたものだったのだろう、とは思う。受け入れていた、そんな気がするのだ。

（僕は、どうしたんだっけ――）

どういうやり方で危機を脱したのだろう？

それは、段階を越えることになっているのだろうか？

（……やっぱり、人はわからないままで生きているよ。自分がどんなことに出逢うことを予測するも何も、自分が何をしたのかもロクに覚えちゃいないんだから……）

それでも、世の中には覚悟を決めて、危機と戦い続けている人もいるのかも知れない。だがそんな彼であっても、果たして自分が置かれてしまっている事態のことは、その真実は何もわかってはいないだろう。

「…………」

彼は座禅を組みながら、つらつらととりとめもなく考え続ける。

（たぶん、誰もが何かに向かって、段階を経ていこうとしているんだろうけど……でも、そこで一番の問題は、きっと――）

そう――真実に近づくための段階としての、絶体絶命の危機は確かに存在する――しかし、誰もがそれを乗り越えられるとは限らない。

phase4 fixed & careless

第四話「静止と油断」

1.

何かが弾け飛ぶような、耳の奥に響いてくる、

——ばしっ、

という音が響いたのを、学校の廊下を歩いていた浅倉朝子は確かに聞いたと思った。

「……？」

彼女は周りを見回した。

だが別になにも異状はない。授業中なので周りは静まり返っている。

（なにかしら——）

彼女には今の変な音が、激しい電気スパークが濁った水面上で生じたときのショート音であることなど思いも寄らない。

（——いやいや、ぼやぼやしている場合じゃないわ）

彼女は気分が悪いと嘘をついてまで教室から出てきたので、目的の世良稔を見つけるのが何より先だった。

彼女は再び歩き出す。

そして向こう側から初老の教師がひとり、なにやら本を担いで歩いてきた。

確か物理の教師だ。朝子はその顔は知っていたが、直接習ったことはないので名前は覚えていなかった。教師も彼女に気づいて、ん、と訝《いぶか》しげな顔になる。

「どうした？　今は授業中じゃないかね」

早速訊いてきた。朝子は面倒くさいので、そのままストレートに、

「あの、先生。この辺で最近来たばかりの転校生を見ませんでしたか？」

と質問した。教師はその彼女の堂々とした態度に気圧《けお》されて詰問するのを忘れて、

「転校生？　一年のか？」

と、きょとんとした顔で訊き返してきた。

「はい、男の子で」

「ああ——そういえばさっき——転校生に話しかけられたような」

教師はぼんやりとした口調で言った。

「ど、どこですか？」

朝子は意気込んでさらに問いかけた。だが教師はどこか焦点の合わない眼で、

「えーと——あれはどこだったかな」

と首を左右に振っているだけではっきりしない。

「世良稔くん、っていうんですけど」

「世良？　いや、そんな名前じゃないぞ」

「……は？」

「たしか──奈良漬け──じゃなかった、奈良崎、克巳……とかいっていたような」

ふらふらと視線が定まらないで、あちこちさまよっている。

「なんの話です？」

「だから……転校生だ。そう言っていた」

朝子はだんだんイライラしてきた。話が噛み合わないし、どうもこれは人違いをしているみたいだ。

「あのですね、先生──」

もういいです、と朝子が言いかけたところで、教師は唐突に、

「あの──変な日焼けをしたヤツを──」

と呟いた。

「……え？」

朝子の眼が丸くなる。それはどうしたって、ややオレンジがかったような肌の色の世良稔のこととしか思えない。

「世良くんを見たんですか、やっぱり？」

彼女がやや焦りながら訊いても、教師はまだ茫然とした調子で、

「いや——会っても、会っていない——」

とか訳のわからないことを言う。

そして——異変はこのときに起きた。

またしても朝子の、その感覚の中で教師の壁に映った影が妙に鮮明な形になり、その色がみるみる赤に染まっていく。

彼女が〝モーニング・グローリー〟と自ら名付けた現象だ。

その赤影が、マンガのようにぱっくりと横に口を開いて、そして喋り出す。

〝——助けてくれ〟

それはまるで溺《おぼ》れかけている人の断末魔のような声だった。朝子がびっくりして絶句していると、本人の方もなんだかおかしくなっていく。

「会ってないけど、会っても、会ったら、そのときは——ゆ、ゆゆゆ——」

朝子は唖然《あぜん》としていた。

(ゆ……? ゆ、ってなに?)

彼女が疑問を心の中で呟いたときに、教師は、

「ゆ——油断、する……」

と言って、そしてばったりと前のめりに倒れてしまった。

「——わっ?!」

彼の前に立っていた朝子は教師を抱き留める格好になってしまった。

「ち、ちょっと——」

思わず突き飛ばそうとして、教師の胸に触れて、そしてぎょっとした。

人の胸に接すると必ずあるはずの感触がない。つまり——

（し、心臓が——停まっている?!）

彼女は悲鳴をあげそうになった。すると直後にすぐ鼓動が戻った。

「だ、大丈夫ですか?!」

朝子の声に教師は、はっ、と我に返ったような顔をする。

「あ、ああ——悪いな。最近寝不足で」

「そ……そんな問題じゃないと思いますよ！」

朝子は、こっちは動揺で心臓が跳ね回っている。

「び、病院行った方がいいですよ！　と、とにかく保健室でも！」

彼女は教師をなかば強引に保健室に連れていった。

だが室内に足を一歩踏み入れると、また彼女は絶句してしまった。

床には救急箱がひっくり返っており、中身が散乱していたのだ。

そして保健医は、部屋の真ん中でぼけっと突っ立っている。ふらふらと揺れていて、まるで何時間も立ちっぱなしで足から力が抜けてしまっているかのような感じだった。

その眼の焦点は妙に合っていない。

「………………」

朝子は今日この保健室に来るのは二度目だった。だが前のときにはこんなおかしな印象はなかった。

「あ、あの――」

と彼女が声をかけると、保健医はぼんやりとした眼をこっちに向けた。

するとその途端に、急に我に返ったように、眼の焦点が合う。

「――えーと、転校生?」

突然に訳のわからないことを言う。

「え? い、いえ――さっきも来たんですけど、一年三組の浅倉です――」

「あ? あ、ああ――そうだっけ」

保健医は何度も首を振る。

「それで? 何の用かしら」

「あの、こちらの先生がさっき、眩暈《めまい》を起こされて――それで、その」

心臓が停まっていたんです、と言おうかどうしようか朝子は迷った。もしかすると錯覚だったかも知れないと思ったのだ。

「そうなんですか？」

保健医の質問に教師は、はあ、とぼやけた返事をかえした。

「大したことはないと思うんですがね」

「まあ、ちょっと診《み》てみましょう」

まるで棒読みのように、二人は説明的な会話をしている。

「あ、あの先生？」

朝子は保健医に訊かなくてはならないことがあった。

「転校生って——転校生がこの保健室に来たんですか？」

「え？」

彼女はぽかん、とした顔になる。

「さあ——」

「だ、だって今、私のことを転校生って」

しかしこの詰問に保健医は、まるで反応せずに、

「もういいから、あなたは教室に戻りなさい。授業中でしょ」

と突き放したように言って、そして朝子はそのまま廊下に追いやられた。

背後で扉が閉じられる。

そして彼女は一人ぽつん、と取り残された。

(……な、なんなのよこれは……?!)

彼女に想像できるはずもない――この異状は、すべて世良稔ことピート・ビートと接触して、無意識のうちに彼を攻撃した連中にのみ起こっていることなど、まったく認識の外にあることだった。

しかしその彼女でも、ここにあるひとつの共通点には嫌でも気がつかざるを得ない――

(転校生――)

そう、どちらもさっき、転校生と接触したと言っている。世良稔でないそのもう一人の転校生のことを、教師の方はさっき、その名前を何と言ったか……?

(たしか――奈良崎克巳とか……)

そのとき廊下の向こうからかすかに、こつっ、という足音がした。

彼女は反射的に振り向く。

そこには、虚を突かれてやや茫然としているブレザー姿の男の子が一人立っていた。

(あ――)

どうしてか、彼女は既にわかっていた。この少年が、その――

「あなたが――」

そして彼の足元から伸びる影が、本人の意志とは無関係に喋る。その意味不明の単語を彼女は、鸚鵡《おうむ》返しに口にする。

「——〝ラウンダバウト〟……？」

それが、その少年の名前であることが、彼女にはわかったのである。

2.

少し前の時間に戻る。

ラウンダバウトは、自らの仕掛けた罠《わな》にピート・ビートがまんまと引っかかったのを確認した。

「…………」

ヤツがプールに落ちて、そこに剝き出しの電線を落とされるという感電攻撃を受ける様を静かに物陰から観察していた。

「…………」

一瞬スパークが走り、そしてすぐに煙がプール水面から立ちのぼる。

ピート・ビートは身体をびくんとのけぞらせたが、そのまま水面に再び落ちた。

「…………」

そして、ぴくりとも動かない。

ただ電撃の際に生じた波紋だけが虚しく広がって、そして消えていく。

「……──？」

自分が行った攻撃だったが、しかしラウンダバウトはまさかこれだけで相手が倒れるとは思っていなかったので少し拍子抜けした。

（もう死んだのか？　……予想よりもあっけないな）

しばらく観察するが、ビートの身体はずっと俯《うつぶ》せの状態で、ゆらゆら水面上で揺れているだけだ。

端から見れば、これは紛れもない事故死である。

どうして彼がプールなんぞに飛び込んだのかはわかるまいが、学校関係者や警察から見れば、こんな変な死に方がまさか殺害された結果だとは思うまい。殺人の方法にしてはあまりにも回りくどいやり方だからだ。

だがこれがいつもの、ラウンダバウトのやり方なのである。

指令では、ビートを殺せということまでは言っていなかったが、しかしこの程度で死んでしまうようでは、そもそも彼が関わっている状況では、殺されても仕方がない相手に過ぎなかったということでしかない。

ラウンダバウトは「ふん」と軽く鼻を鳴らしただけだった。

そしてすぐにその場から離れる。死体がどんな形で発見されることになるかわからないが、そのときまでその近くにいるのは愚かなことだからだ。

（しかし、早く片づきすぎたな――こんなことならあんなに本腰入れて〝仕込み〟をしなくても良かったな）

ラウンダバウトは再び校舎の中に戻った。ビートを追いつめるために施しておいたいくつかの仕掛け――無関係の者に施しておいた催眠暗示をすぐに解除するためだ。他人にバレるような単純なものではないが、といって残しておくのはうまくない。いつどこで、変な形で表に出てこないとも限らない。

まず、保健室の女医にかけた暗示から解除しよう、と彼はそっちの方角に足を向けた。

その歩みが硬直するように、停まる。

「――？」

なぜか、ぎくりとした。

保健室から一人の女子生徒が出てきたのだ。その顔は下調べの段階で見ていたから知っている。ビートと同級生の浅倉朝子という女だ。

彼女はこっちの方を振り向いた。

そして言った。

「あなたが——ラウンダバウト？」

＊

どういうことだ、とラウンダバウトはまず混乱した。

この小娘がなんで自分の本名を知っているんだろうか？

自分はこいつとこれまで接触したこともない——資料で顔と名前を見ていただけだ。それなのにこいつは、こっちの正体をもう摑んでしまっているらしい。

（ならば——先手必勝か？）

とっさに隠し持っている武器に手が伸びかける——だが、相手はまったく反応しない。無抵抗に突っ立っているだけで、なんだか茫然としている。

（——なんだ？）

本能的に、ラウンダバウトは武器を取り出すのを寸前で停める。なんだか状況がおかしい。向こうはこっちに敵対心はないらしい。

「——ええと」

浅倉朝子は首を振った。

「そうじゃないわ——そうじゃなくて」

彼女はこっちに向かって、うなずきかけてきた。

「奈良崎克巳くん——かしら？　そう、転校生の」

彼女の様子はおどおどしていて、隙だらけだった。ラウンダバウトは動揺を押し殺して、できるだけさりげない口調で訊き返す。

「あなたは？」

「あ、ああ——私は浅倉朝子。うん」

「どうして僕の名前を？　それに……」

さりげなくさりげなく、と自分に言い聞かせながら言う。

「ラウンダバウト、って——僕のニックネームまで？」

「え？　い、いやその、それは——」

朝子は本当にどぎまぎしている。自分で言った癖《くせ》に、その名称を知っていることに戸惑っていた。

「いやあのね、あなた、保健室の先生とか、物理の先生たちとかと話さなかった？　それで、その——色々聞いてたから」

弁解している。しかも限りなく下手くそな誤魔化し方だ。

「…………」

ラウンダバウトは、この少女の鋭さと魯鈍《ろどん》さが入り混じった態度に、

（まさか——）

と思った。

こいつが今言った〝先生たち〟というのが自分がビートを追いつめるために仕掛けを施した連中であるのは間違いない——だが別に彼らと会ったからと言って、ビート以外の人間にはなんの反応も示さないはずなのだ。なのにこいつは——彼らから何らかの情報を得ることに成功している。

しかし、それでどうにかなっているというわけでもない。敵に先んじて情報を得るというのは戦闘に於いて極めて重要なアドバンテージだが、それを知っていることを相手にバラしてしまうのは愚《ぐ》の骨頂《こっちょう》だ。

ということは——

ラウンダバウトは目の前の、おどおどしている少女を見つめる。

（こいつ——知るはずのないことを、知ることができる人間なのか？）

それのことを統和機構やその敵、及び関連する者たちは謎めいたコードネームで呼んでいる。

すなわち——

〝ＭＰＬＳ〟

――と。それは世界を裏から監視し続けている者たちにとって第一級の危険物として扱われる対象なのだ。

そして、そのことの重要性に対してこの少女はまだ無自覚だ。

「………………」

ラウンダバウトは無言で少女を見つめる。

すると朝子はますますおどおどした顔になっていく。

「あ、あのさ――」

それでも朝子はラウンダバウトに話しかけてくる。

「先生たち、変だと思わない？」

「変――ですか」

ラウンダバウトは静かに言った。

「そ、そう。なんだか様子がおかしいのよ。それで――それはなんだか、あなたと話した後におかしくなっているみたいなんだけど……思い当たること、ないかしら」

「へえ――僕と会って、それでおかしくなった？」

ラウンダバウトの整った顔に薄い笑いが浮かぶ。

「それは不思議なことですね。僕はただ、転校手続きのことでわからないことがあったから、その質問をしただけだったんですがね」

「で、でも二人とも転校生がどうのって——」

朝子が言いかけたところにラウンダバウトは言葉を被せた。

「変だというなら、覗いてみますか？」

「え？」

「二人とも、そこにいるんでしょう？　中で何をやっているんでしょうね」

朝子の背後の、閉じられた保健室の扉を指差す。

「——」

朝子はちょっと絶句したが、すぐにうなずいた。

「そ、そうね——」

そして二人は肩を並べて、少しだけ開けたドアの隙間から室内を覗き込む。

そして——そのときにはもう、ラウンダバウトの能力による〝工作〟は完了している。

ラウンダバウトの能力——。

それは基本的にピート・ビートの〝NSU〟と似たものだ。ただし、ビートが相手の持っている固有の鼓動を感知して、それに干渉しようとする受動的な能力であるのに対して、ラウンダバウトは自分から電波に似た独特の生体波動を放って、それが相手に当たって反射してきたものを解析して情報を得る、音を放って反射音を拾う潜水艦ソナーの如き能力である。

その感知するものは〝停止〟——すなわち、鼓動と鼓動の間の、一瞬の停止状態という、どんな存在であってもどうしようもない死角の時間を、ラウンダバウトは知ることができるのだった。

たとえば、サッカーボールを胸に軽く受けただけの子供が息絶えてしまうという不可解な突然死事件がこの世には存在するが、これは鼓動と鼓動の間に衝撃を受けてしまったことが原因のひとつなのだとされている。一流のはずのボクサーが素人《しろうと》同然の相手に突然ＫＯ負けしてしまう〝ラッキーパンチ〟という現象もまた、心臓の鼓動と鼓動の間の死角に相手が攻撃を繰り出してきたのを察知できなかったためであることが多いという。

そして、この停滞への攻撃は肉体的なものだけではなく、精神活動にこそ大きく影響するのだ。

人は——自分がずっと思考を続けていると思いながら日々を過ごしているつもりでいるが、その思考を支えている脳に送られてきている血液は、鼓動によって供給されてきているのだから、精神活動もまた鼓動を刻んでおり、身体のそれとなんら変わるものではない。精神活動とは断続的に動いているものなのだ。突然キレるとか、気分にムラがあるとか、癇癪《かんしゃく》持ちだとかいう事例は、すべて思考が流れ《メロディー》ではなく鼓動《リズム》で成りたっていることを証明している。

ラウンダバウトの〝攻撃〟——偶然としか思えない事故を起こさせる現象は、きわめて単純なもの——催眠暗示という古典的な方法に過ぎない。だがその暗示の特殊で強力なところは、何かをやらせるとか言うことをきかせるといった洗脳につきまとう〝強引さ〟が皆無であるというところにある。

攻撃として暗示にかけることはたったひとつ――〝標的〟として設定した相手が近くにいるとき、人が常に持っている用心深さを忘れてしまえ――油断しろ、と命令はそれだけだ。

人が普通に生きているだけでも、実は無数の用心を続けている。歩くときも、物を持ち上げるときでも、筋肉や神経はそれまでの経験で学んだ防衛策を常に無意識で行っている。子供はすぐに転ぶが、大人は滅多に転ばないのも長年の経験と学習がバランスをとることを身体に要求し続けているからだ。

それを――世界の過酷な摂理《せつり》に対して防衛することを一瞬だけ忘れさせる。

偶然を武器に攻撃しているわけではないのだ。必然は世界中に転がっていて、ラウンダバウトの攻撃とはそれを浮かび上がらせているだけなのである。

人が、あまりにも重圧が大きすぎて忘れていた方がいいことは多い。それらは普段なら無意識に追いやられている。

だがそれは、鼓動と鼓動の間の停止時間の際には一瞬だけ剝き出しになる。

ラウンダバウトは、そこを突いて攻撃するのである。

「…………っ！」

浅倉朝子は、保健室の中を覗き込んで、そして仰天《ぎょうてん》した。言葉にならないほどに驚いてしまった。

カーテンが引かれて薄暗い保健室の中で、女医と教師が唇を重ねていたからだ。

（な——）

あの二人はそういう関係だったのか——という驚きよりも、なんでこんな状況で、こんな安手のドラマみたいなことが出てくるのか理解できなくて判断停止に追い込まれてしまったのだった。

「おやおや——」

奈良崎克巳の笑いを含んだ声が耳元で聞こえた。

「どうやらこういうことだったようですね。これでは追い出されて当然だ。あなたと廊下で会ったときに色々と演技したのも、自然に保健室に行くもっともらしい理由が欲しかったんでしようね、きっと」

もちろんラウンダバウトが、催眠暗示を保健室内の二人に撃ち込んでおいたのだ。

ドア越しに、二人の生体の波長に干渉していたのである。そこで仕掛けた暗示は、これまた単純して明解——性欲に関するバランス感覚を忘れさせた、それだけだ。

恋愛状況における好みのタイプとか、ふさわしい相手とかいった選《え》り好みはラウンダバウトから見ればすべて、ただの用心深さの反映でしかない。人は恋愛に於いて本来どんな相手だろうが関係なく、それどころか同性か異性かということすら学習と経験の結果で抑制しているだけなのだ。それを忘れさせてしまうことはそれほど難しいことではない。

教師たちの、この二人がくっついていったのはそれぞれが勝手にやったことで、自分たちでもまさか制御されての結果だとは、夢の中でさえ気づきもしないだろう。

「この場所から離れた方がいいでしょうね」

言われて、朝子ははっとなる。

「え、ええ——そうね」

これでは単なるデバガメになってしまう。釈然としないものを残しつつも、朝子は奈良崎克巳に則されるままその場から離れた。そうするしかなかった。

そこに克巳が話しかけてくる。

「ところで——僕は来週からこの学校に通うことになったんですが、良かったら案内してくれませんかね？」

提案されて、まだ茫然としていた朝子はなんとなく、

「え、ええ。いいわ」

とうなずいてから、

（しまった——）

と思った。

自分は本来、行方《ゆくえ》知れずの世良稔を捜している途中なのだ。

（しょうがない——）

この少年を案内しながら世良稔を捜すしかないだろう。ある意味では一石二鳥じゃないかと考えることにした。

だが――このとき、彼女の横にいるラウンダバウトの頭の中にあったことは、

（――殺すしかあるまい）

という決意だった。

使命とは何の関係もないが――しかしこの少女の存在は彼が仕えている〝あのお方〟にとって害になるかも知れない。放っておくわけにはいかない――。

そして二人は、本校舎の三階と第二校舎の四階をつなぐ渡り廊下にさしかかった。

どの教室よりも遠く、そして校庭側からも死角になっている場所だった。

そこでラウンダバウトは、自分の前を歩いている朝子の背中に向かって、二本の指を向けていく。それは一瞬後には少女の首筋後ろにある延髄《えんずい》に打ち込まれ、彼女を呼吸不能に追い込んで、生命を奪ってしまう暗殺術の構えだ。

そして少女の方は、どんな能力があるのかわからないが、殺気を感じることはできないらしく無反応だ。

（さらばだ――浅倉朝子！）

ラウンダバウトは手を突き出そうとした。その瞬間――

どすっ、
とその手の甲に鋭いものが突き刺さった。

それは細く尖らされた一本の木の枝だった。

貫通して、手のひらに切っ先が飛び出す。

(な——)

痛みより先に、虚を突かれた驚きがわきあがる。そして彼がこの即席の手裏剣《しゅりけん》が飛んできた窓の方向に眼を向けるより先に、その身体は飛び出してきた影にぶっとばされていた。

(——なにいっ?!)


「ん?」

と何気なく朝子が後ろを向いたとき、もうそこには奈良崎克巳の姿はなかった。

渡り廊下の両側の窓が開いていて、その間を風がそよそよと吹いているだけだった。

あれ、と彼女が不思議がろうとしたその瞬間、その頬になにやら熱いものがかかった。

手をやり、目の前にかざすとその指先は赤く染まっている。

(なにこれ——血?)

それはラウンダバウトの手からこぼれ落ちた血が、空中を舞っているその一瞬で起こっていたことだったのだ。

3.

「——き、貴様は！」

ラウンダバウトは窓の外に、もろともに放り出されながら叫んだ。

「ぴ、ピート・ビート……?!」

襲いかかってきたのは、彼が殺したはずの相手だったのである。

二人はもつれ合いながら、中庭の植え込みにそのまま墜落《ついらく》した。

誰もいない学校のど真ん中の死角に、一瞬静寂が落ちる。

そして直後、両者が同時に飛びすさって距離を取る。

空の上では、雲がのんきに流れている。

「あの浅倉朝子を、今殺させるわけにはいかないんでな——」

感電死したはずのビートは、にやりと笑いながら言った。

「き、貴様……どうして生きている?」

ラウンダバウトは驚愕を隠せない。

「ふん……」

ビートは、濡れた前髪を親指でぴん、と弾いた。

「てめえがなかなかトドメ刺しに来ないもんだから、洗面器に顔突っ込むみてーな我慢大会を何分もやっちまったぜ」

高圧電撃を、心臓にまともに喰らったはずなのに……ラウンダバウトは自分の眼が信じられなかった。

「な——何故だ？　どうやってこのラウンダバウトの攻撃をかわしたというんだ——？」

「タネはどってことねえんだよ」

ビートは指を相手に突きつけた。

「電撃で心臓に致命的な衝撃を受けるのは、電気の激しい波長が鼓動を掻《か》き消してしまうからだ。しかしその衝撃はほんの一瞬の間にプールの水に伝わっていって、消える——電線もそのショックで焼き切れてしまうしな。ならば——簡単なことだ」

ちっちっち、とビートはかるく指先を振ってみせた。

「その衝撃が伝わる一瞬の間だけ、こっちも鼓動を停めてしまえばいい——消えている鼓動ならば、掻き消される心配もなくなるってわけだ。電気が流れるときにちと痛いだけですむ」

そう、これはピート・ビートの最終必殺技である〝超加速の鼓動《モルト・ヴィヴァーチェ》〟のちょうど反対のやり方である。自分で自分の心臓の鼓動を停める——その制限時間は五秒が限度で、それ以上だともう自力で蘇生《そせい》することができない。タイミングを間違えると確実に死ぬ、これは危険な技だった。

だが――危険というのは避ければ良いというものではない。重要なことは危険の質を前もって知っておくことで、それを制御することなのだ。

「貴様――相手の鼓動だけじゃなく、自分の鼓動も操れるというのか……？」

ラウンダバウトは傷ついた手を押さえながら呻いた。

「自分ができないことは、他人にもできないはず――なんて、簡単に思いこんだりしない方がいいぜ」

ビートは鋭い眼で敵を睨みつけた。

「ラウンダバウトとか言ったな、おまえはあの催眠暗示による攻撃のやり方から見て、どうやら俺と似たようなタイプの戦闘技術を持っているらしいが――しかし」

ここでビートの眼がぎらりと光った。

「…………」

そしてラウンダバウトの眼も、ビートに負けない強い光を放っている。

両者の間には、皮膚を切り裂き血液を沸騰させる真空のような、熱くて冷たいぎりぎりとした気配が充満していく。

「しかし――おまえも俺と同じように人間じゃない――合成人間だとすれば……おまえの所属は何だ？」

「…………」

「合成人間の製造技術は、世界中でも統和機構しか持っていないはずだ。なら、おまえはなんなんだ……？」

ビートの、その足の爪先がかすかに——だが確実なリズムで動き出している。相手を金縛りにする、特殊な鼓動を生み出すリズムだ。このタップを聞き続けていると知らぬうちに身体の自由が奪われていき、とことんまでやられれば呼吸困難にまで追い込まれる。相手はもうビートの術中に填《はま》りつつあるのだ。

「…………」

ラウンダバウトは動かない。

そこにビートはさらに問いを重ねる。

「——おまえも統和機構の合成人間だというのか？　ならば——〝カーメン〟とはいったい何なんだ？　もし統和機構がその正体を既に知っているのならば、どうしてフォルテッシモにわざわざその調査が依頼されるんだ？」

「…………」

ラウンダバウトは動かない。

ただ、その両眼のみが怒りと闘志のこもった暗い輝きを放っているだけだ。

ビートは、この相手の鼓動を感知して、こいつが彼の質問に何も答える気がないどころか、必ず自分を倒す気でいることを悟っている。

だが、それはビートの方も同じ――

彼はこの〝カーメン〟に絡《から》んだ数々の不可解をどうしてもここで解いておかなくてはならないと固く決意していた。彼の脳裡には、背筋が凍りつくほどに恐るべき仮説が浮かんでいたのだ。

彼は〝カーメン〟というものをいくら調べても、まったく手応えがないことが不気味で仕方がなかった。

だが――もしもこの謎の敵が統和機構の所属であり、その任務の一環として〝カーメン〟を追う者を暗殺しようとしているのならば――

（まさか、もしかして――）

もしや〝カーメン〟とは実体などない、ただの目印に過ぎないのではないか？

それを追いかけていくこと、それ自体が既にして〝引き金〟――統和機構が不用になった者を抹殺《まっさつ》するために用意している仕掛けなのではあるまいか？

つまり――この〝カーメン〟とは、あまりにも強すぎるフォルテッシモを制御しきれなくなった中枢《アクシズ》が用意した危険物処理作業に他ならないのではないか。そして、あの決して油断というものをせず、あらゆる危機を未然に排除してしまう〝最強〟は、無意識のうちにそのことを悟って――

（……この俺にそいつが回って来ちまったんじゃあないのか……？）

だとしたら——まずい。

実にまずい。ビートにはあのフォルテッシモのような無敵の戦闘能力などない。そんな過酷な逆境《ディシプリン》を切り抜けられる自信などはまったくない。

ここはなんとしても、このラウンダバウトを捕獲し、その背後関係を知る必要があった。もし本当にこの仮説が正しいとするなら、できるかどうかわからないが、中枢《アクシズ》に彼自身が、この〝人違い〟を弁解しなくてはならない。

（ちくしょう、そんなことができるのか……？）

ビートは心の中で歯軋《はぎし》りするほどの焦燥《しょうそう》に苛《さいな》まれていた。

「…………」

そして、ラウンダバウトはそんなビートを変わらぬ昏《くら》い目つきで睨み続けている。

黙り込んで——動かない。

「黙っていないで答えろ！」

ビートは苛立ちの声を上げた。無論、この間にもずっと相手の身体の自由を奪うリズムを刻み続けている。

「…………」

しかし、その影響をとっくに受けはじめているはずのラウンダバウトには、何の動揺もない。

ただただ、ビートに敵意を向け続けている。

(……なんだ、こいつ——?)

ビートはおかしいと思った。こいつは彼の能力NSUのことを知っているはずだ。知っているから、偶然に見せかけた攻撃を仕掛けてきたのである。

それなのに、どうしてこいつは今、ビートの前からすぐに逃げようとしないのか。あるいは即座に攻撃しないのか。

これではまるで——向こうもこっちに術を掛けているみたいではないか?

そう思い当たった瞬間、ビートの眼に、今の墜落で飛び散った植え込みの葉っぱが一枚、ひらひらと落ちてくるのが目に入った。

その葉っぱが空中で、びん、と奇妙な揺れ方をした。まるで見えない指先に弾かれたような動きだった。

ビートははっとなる。その動きが、共鳴音叉《おんさ》がガラスに罅《ひび》を入れるときの震え方に似ていたことから、この空間に充満しているそれの存在に気がついたのだ。

(——超音波の波動か?!)

そして自分の身体を動かそうとして、それが妙に重く、鈍くなっていることにやっと気がつく。

〝似たような能力〟

まさにその通り――ビートができることはラウンダバウトにもできるに違いない。

そしてそのラウンダバウトの催眠暗示は、耳には聞こえないほどの高周波数を有する超音波によって、相手の精神の停滞間隔に撃ち込まれるのだ。

黙っていたのではない――閉じている口の中で、舌先を恐るべき速さで振動させ高周波を発生させていたのである。

つまり両者はこれまで、互いに相手の動きを停めるリズムを仕掛け合っていたのだ――。

（い、いかん――！）

ビートは動きの鈍った身体で、必死に跳んだ。

敵――ラウンダバウトの方に向かって襲いかかるために。

向こうもこっちのリズムに身体の動きが鈍くさせられているはずだ。攻撃することができるのは、相手も術の影響下にある今しかない！

そして、敵も彼とまったく同じ行動に出る。

両者は、強化された肉体にしては遅いが、それでも一瞬の時間に交錯して、そしてそのまま離れた。

「――っ！」

ビートの額《ひたい》が割れ、血が吹き出した――だが浅手だ。敵の手刀がかすっただけだ。

その傷の痛みが身体の変調を吹っ飛ばした。ビートはすぐさま振り向き、自分も攻撃を加えたはずの相手を見た。

　その目が一瞬、驚きで丸くなる。

　ラウンダバウトも、もう動きが元に戻っていた。ビートが繰り出した蹴りが胸元を切り裂いて、首の下あたりからわずかに出血している。だがそんなことよりも――その服の下から露《あらわ》になった胸には、乳房の膨《ふく》らみが確かに存在していた。

「お、女――だったのか?!」

　ラウンダバウトは胸を剥き出しにしながらも隠すことなく、ただ怒りと憎悪の目でビートを睨みつけている。

　そして、ちら、と最初に攻撃された右手の傷に目を落とし、そしてぼそりと言った。

「僕は〝カーメン〟のことなど何も知らないが――そんなことは関係ない」

「……なんだと?」

　ビートは思わず訊き返した。だが相手はこれを無視して、

「今回は油断したが――二度と不覚は取らない。ピート・ビートよ。貴様がしてくれたことは、、、、、、決して忘れない」

　と言い放った。

　その声は淡々としているが故に、逆に恐ろしい冷ややかさが漂っていた。

「どんな回り道をしようとも――しかるべき報いを必ず、貴様に……!」

そしてラウンダバウトは身をひるがえした。あっというまに逃げ去っていく。

「ま、待て！」

ビートは叫んで追おうとしたが、そのとき頭上から、

「……世良くん？」

という声がしたので、ぎくっ、と上を見た。

それは渡り廊下の窓から下を見おろしている浅倉朝子だった。

「なにをしてるの……？」

動揺しながら、彼女は訊いてきた。

ビートは虚を突かれて「あ……」と一瞬絶句したが、すぐにまた目を元に戻した。だが、もうそのときにはラウンダバウトの姿はどこにもなかった。

逃げられた――いや、状勢は対等だった。向こうはいったん退いてみせただけで、戦いは終わっていないのだ。

（なんなんだ、この状況は……！）

ビートには、混乱の中で舌打ちするのが精一杯だった。

4．

「きゃっ！」

朝子は中庭に立ちすくんでいるビートを見て小さな悲鳴をあげた。

「世良くん、怪我してるの?!」

彼の額から頬にかけて、赤い筋が流れているのが目に入ったのだ。

ビートはあわてて額を押さえて、

「な、なんでもねえ——大したことはないんだ」

と弁解したがもうそのときには遅く、朝子は全力ダッシュでたちまち階段を駆け下りてビートの所まですっ飛んできた。

はあはあ、と息を切らしながらもビートの頭に手を伸ばしてくる。

わしっ、と顔の両側を摑まれ、じろじろ見られ、ビートはどうしていいかわからずおたおたする。

「い、いや浅倉さん——」

「どうしたのよこれ？　なに？　何かの秘密任務のせいなの？　そういえば服もびしょ濡れじゃない」

彼女はハンカチを取り出して、ビートの額の傷に押し当てた。白い布地に血が滲《にじ》んでいく。

「い、いいよ。ハンカチがもったいないだろ」

「そんなこと言っている場合じゃないでしょ。保健室に——」

言いかけて、そこで朝子はその一室の中では今、何が行われているのか思い出した。みるみる顔が赤くなる。

「い、いや——保健室はまずいわね、うん」

「だから——いいって」

ビートはなんとか朝子の手を振りほどいた。ハンカチは仕方なく、そのまま自分で押さえる。

朝子はちょっと彼を恨《うら》めしそうな目で見た。

〝私、あなたをずっと捜していたのよ〟

そう言いたかったし、言うつもりだったが、こうして彼を前にするとなんだか言葉が喉につかえてうまく出てこない。

「それより浅倉さん、あんたはなんでここにいるんだよ？」

ビートの方が、彼女にもっともなことを訊いてきた。

「今は授業中だろう？　あんたは普通、サボったりするタイプじゃないはずだ。どうしてふらふらしてたんだ？」

「そ、それは——えーと」

自分には変な能力があるので、そのことをあなたに相談したくて——ということを、どうすればうまく伝えられるのかと朝子は考え込んでしまった。

「——うーん」

これにはビートの方が戸惑ってしまう。

「い、いや別に、そんな悩まなくても、言いたくなきゃそれでいいよ」

言いながらビートは、どうしてこの浅倉朝子が相手だと自分はこんなにペースが乱れるんだろうと思わずにはいられない。その理由は単にこの少女の鼓動が読めないからというだけではないような気がする。

では——ではなんなのか、と言われると、これはまるでわからないのだが。

(うー、なんでこんなにわかんねーことばかりが積み上がっていくんだ……?)

さっき、あのラウンダバウトは去り際に〝カーメンなど知らない〟と言っていた。それが本当のことかどうか不明だが、あそこで彼……

(——じゃなくて、彼女、か)

……が嘘をつく必要はない。鼓動でもストレートな怒りしか感じ取れなかった。

(しかし——男か女か、そんな基本的な区別すら感知できなかったしな)

ヤツの超音波生体ソナーの能力は、ＮＳＵに対して一種のめくらまし《ジャミング》の効果があるようだ。

厄介《やっかい》な相手がまた増えてしまった。

(だが、あいつが統和機構の所属じゃないとすると、そのバックには何者が存在しているんだろうか?)

謎ばかりが増えていく。ビートはいい加減うんざりだった。

フォルテッシモに至急会う必要がある、と思った。何と言っても、こいつは元々は彼の任務なのだから。

(それに——今の俺は、この浅倉朝子の謎を解明するのが第一だしな)

彼が心の中でぼやきながら朝子の方を見つめたそのとき、朝子が唐突に、

「そ、そういえば世良くん〝ラウンダバウト〟って知ってる?」

と訊いてきたので彼は仰天した。

「……え?」

なんで彼女がその名を知っているんだ?

「いえね、保健室の所でその名前を聞いて、なんだか今度来る転校生の綽名《あだな》か何かだと思うんだけど、変な名前でしょう?」

朝子は、言いたいことがうまく言えないので、なかば誤魔化すために適当なことを言っているだけだった。

だがビートにとっては適当どころではない。

「保健室で……聞いた?」

それは、彼から判断するならば、彼に無意識の攻撃をするように命じられていた保健医が、何らかの形で情報を漏らしてしまったところに朝子が居合わせてしまったという意味になる。

だからさっき、あのラウンダバウトはこの浅倉朝子を殺そうとしていたのか——とビートは

納得した。それは完全な誤解であったが、このときの彼にはそうとしか思えなかったのだ。

「そういえばその転校生、あ、奈良崎克巳くんっていうらしいんだけど、急にいなくなっちゃって。どこに行ったのかしら？」

朝子は、いくら話しかけてもビートがまともな返事をしないので次第にしどろもどろになってきた。

ビートは心の中で盛大なため息をついた。

（――しかも、自分がやばいことに片足突っ込んじまってることに気づいていないし）

するとそこで、ビートの腹の虫が、ぐう、と大きく鳴った。

「あっ」

と朝子が声を上げた。

「世良くん、お腹《なか》減ってるの？」

「い、いやこれは、別に」

と言ってる間にもまた腹が勝手に、ぐうう、と音をたてる。

確かに、戦闘用でないビートが戦いを経ると、身体は消耗《しょうもう》し、栄養分を必要とすることになるのだが、それにしてもこんなに〝腹減ったあ〟とあからさまになることは滅多にない。我ながら気がゆるんでいるとしか思えない。

（それとも――相手がこの娘、浅倉朝子だからだろうか？）

訳のわからない不安が、ビートをぼんやりと包んでいた。

＊

……これとほぼ同時刻、秋荻学園とは互いに無関係としか思えないほど離れた、人気のない場所の一画で、

「――ちっ」

とフォルテッシモはひとり舌打ちした。

周囲には薄暗い、だだっ広い空間が広がっている。

その彼の足元に転がっているのは――肘《ひじ》から切断されている手首だけの肉と骨の物体、人間の破片だ。

だがどうやらそれは彼が仕留めた相手の残骸というわけではないようだ。

彼がそこに来たときには、もうそれがそこに転がっていた――そういうことらしい。

「また、一歩遅かったか……！」

彼が忌々しげに呟くと同時に、どこからともなく「けけけ」という笑い声が聞こえてきたような気配があり、そして次の瞬間転がっていた手首は空中に喰い尽くされてしまったように、ばしっ、と消え失せた。

するとそこに、ぱちぱち、と気の抜けた拍手が響いてきた。

フォルテッシモが顔を上げると、少し離れたところに一人の少女が立っている。

「お見事——死体処理をやらせたら、あんたは最高ね？」

彼女の出現にもフォルテッシモは動じず、ふん、と鼻を鳴らした。

「何の用だ、レイン」

「余裕ねえ、フォルテッシモ？」

彼女はニヤニヤ笑っている。

「あんたは今、こんなところにいる場合じゃないんじゃないの？　中枢《アクシズ》から〝カーメン〟を追いかけるように命じられているはずじゃなかったかしら」

「…………」

フォルテッシモは無言で、彼女の方を睨むように見る。

だがその視線には不思議な感触がある。普段の彼ならば、目の前にいるのがどんな相手であっても〝俺と戦って死ぬか？〟という戦闘的な態度を崩さないのだが、その彼をしてこの少女が相手のときはなんだか、

〝しょうがねえな〟

というあきらめが気配に混じるのだった。

「ふふっ」

微笑むと、彼女は今、フォルテッシモが消してしまった手首の残骸があったところに目を落とす。

「それは誰だったのかしら？」

「知るか。どこぞの〝世界の敵〟だろうよ」

フォルテッシモは素っ気なく言った。

彼女はけらけらと笑った。

「あんたがご執心《しゅうしん》の、その都市伝説さんって本当に実在してんの？　話を聞くと笑っちゃうんだけど」

「勝手に笑ってろ」

すると彼女はますます大きな声でげらげら笑い出した。フォルテッシモの顔が苦虫を噛み潰したようになるが、やがて「ふん」と鼻を鳴らした。

「だから──何の用なんだよ」

「いや──ひとつだけ、あんたに確認しておこうかなあって思って、ね」

彼女は薄闇の中でウインクした。

「〝カーメン〟をピート・ビートに任せてしまったようだけど──それはしかるべき覚悟の上でやったことなのかしら？」

「あいつは優秀だ。調べられないことはないだろうよ」

　この言葉にちっちちっちっ、と彼女は指を振った。

「そういうことを言っているのではない——問題は〝カーメン〟を依頼されたのがあんたであることの必然性というもの——あんたでなければならない理由が統和機構にはあって、そしてそれはピート・ビートでは困ることになる——わかる？」

　む、とフォルテッシモの眉が寄る。

「——どういう意味だ？」

　彼の眼からあきらめが消える。鋭さが浮かび上がる。

「おまえは〝カーメン〟が何なのか知っているのか？」

　この問いに彼女は肩をすくめた。

「さて。知っているような、いないような」

　ふざけた言い方をした。フォルテッシモはややイラついて強い声を出した。

「……前から、胡散臭《うさんくさ》いと思っていたが——おまえ、何を考えている？　自分は何処に立っているつもりなんだ？　統和機構の忠実なる第一の下僕か？　それとも中枢《アクシズ》に対して反逆でも企《たくら》んでいるのか？」

　訊かれても彼女は答えず、代わりにかすかに首を振った。

「あんたってつくづく単純ねえ、ホントに」

　くすくす笑っている。

「世界がそんな単純な勝ち負けの論理でどうにかなるなら、誰も苦労なんかしやしないわよ。んん?」

「…………」

フォルテッシモはこの少女に対峙《たいじ》するとき、どうしてもある種の落ち着きのなさを感じずにはいられない。

それは彼女が、彼に殺されることなどなんとも思っていないからだった。いや、より正確に言うなら、相手がフォルテッシモだろうが統和機構であろうが、あるいはその辺の野良犬だろうが、この少女の前には同じなのだ——自分はいつ誰に殺されるかわかったものではないから、だから意地だけはいつでも通す——それが彼女の基本姿勢であり、覚悟なのだった。

彼女がフォルテッシモを怖がらないのは、自分を殺す存在としては、歩いていて突っ込んでくる酔っぱらい運転の車と変わらないものだと思っているからだ。

力の強弱をそんな形で平均化されると〝最強〟を自負しているフォルテッシモとしては極めてやりにくい。弱い癖に強い——そんな存在は彼の世界観にはありえないものなのだ。

「まあ、少なくとも立ち位置としては、あんたよりは中枢《アクシズ》に近いわね、私は」

彼女は不敵に笑いながら言う。

「そして私にとっても〝カーメン〟というのは大して問題にはならない。そう——私や、あんたでは問題にならないけど、ピート・ビートや、あんたのパートナーだった行方不明のユージンとかだと大いに問題になる。それが〝カーメン〟という概念よ」

この謎めいた彼女の言葉に、フォルテッシモの顔色がさっ、と変わった。

「……なんだと？　それじゃ〝カーメン〟というのは、まさか――」

うんうん、と彼女は優雅に首肯《しゅこう》する。

「確かに、統和機構の存続に関わる問題にさえなってしまうわね、このままだと」

しれっ、と軽い口調で言った。

「――――」

フォルテッシモは押し黙ってしまった。

らしくもない焦りの色さえもが、その表情には浮かんでいた。

「さあ――どうする？」

彼女の声だけが、薄暗い空間に遠い雷鳴のように重く、ささやかに響く。

「あんたには〝カーメン〟をこのまま放っておくだけの覚悟があるかしら？　それとも――」

「…………」

幕間 *interphase*

人里離れた山奥の小屋に、外から戻ってきた男が一人でいる。

もう、そこには薄緑色の肌の少年のような彼の姿はない。男が一人きりだ。

「…………」

小屋の中央に置かれたテーブルには、ついさっきまで二人でお茶を飲んでいた状態のままになっている。すっかり冷めてしまったコーヒーがむなしくカップの底に残っていた。

それらを慣れた手つきで片づけながら、男はぽつりと、

「――さて、私はどうするかな」

と呟いた。

あらためて自分が飲む分のコーヒーを煎《い》れ直し、それをゆっくりとすする。

そこに、電話が鳴った。いくつかある携帯の内のひとつで、その着信音はなんだか緊急サイレンのような響きだった。

相手の番号を確かめて、男はすぐに出る。

「――はい」

電話口の向こうからは、なにやら悲壮な響きの声が聞こえてくる。

「――そうですか。わかっています。すぐに手配しましょう。――ええ。一刻の猶予《ゆうよ》もなりません」

男は冷静に、きびきびとした口調で対処し、通話を終えるとすぐさま別の所にかける。

相手はすぐに出た。

『どうした？』

「〝提案者〟としての仕事だ、イナズマ」

前置きなしで、男は直截《ちょくさい》的に言った。

それから、今さっきの電話の内容を相手に伝える。

『わかった、直ちに向かう』

相手の返答も簡潔だ。

「頼む。後で私も直接行く。――ああ、そうだ。そろそろ山を降りるべき頃だと思っていたからな」

男は静かにうなずいた。

distance & roundabout phase5

第五話「距離と迂回」

1.

「…………」

目の前の食卓にはロールキャベツとオムレツ、それに冷や奴とほうれん草のお浸しという脈《みゃく》絡《らく》のない料理が並んでいた。

「…………」

もちろん世良稔ことピート・ビートの前にも、他の人たち同様ダイコンとアサリの味噌汁が並んでいる。

「え、えーと。世良くんは嫌いなものはない？」

浅倉朝子が、いつも自分が座っている席から声をかけてくる。

「……いや、好き嫌いはないが」

「遠慮しないでくださいね。おかわりとか」

朝子の隣には母親の夏江がニコニコしながら、茶碗にご飯をよそって渡してくる。

「……はあ、すいません」

ピートはぼそぼそ声で返事して、茶碗を受け取る。

「あー、世良君、だったかな？」

父の敏彦が晩酌《ばんしゃく》のビールを自分でつぎながら、何気なく何気なく、という調子で訊いてきた。

「……は」

「君は何かスポーツをやっているのかな。ずいぶんと灼けているようだが」

「……えと、その」

ビートはちょっと言い淀《よど》んで、

「……まあ、長距離走、とか」

嘘ではない。ビートには五十キロメートルくらいなら休みなしで走れるスタミナと走法技術がある。ただし戦闘態勢で、だが。

「ほう？　マラソンか」

父は感心したような、ほっとしたような声を出した。

「サーフィンとかそういうのかと思ったが」

要するに色が黒いから遊び人系かと疑われていたらしい。

「いや、波乗りには別に興味ないんで」

ビートがややぶっきらぼうに言うと、朝子が笑いながら、

「世良くん、今どき波乗りなんて言わないわよ」

と機嫌よさそうに言った。

はっはっは、と浅倉家の家庭に明るい笑い声が響くが、そのなかでビートはひたすらに、

（……うー）

と困惑しきっていた。苦手だ。厳しい環境で生きてきて、それが当然になっているビートからすると、こういう和《なご》やかな雰囲気は逆に、なんだか針のムシロの上に座らされているような気がするのだった。

（……しかし一体、なんだってこんなことになっちまったんだ？）

＊

……ラウンダバウトなる謎の敵の攻撃によってプールに落とされ、そこに送電線を突っ込まれるという攻撃から逃れて反撃に転じたものの、あと一歩のところで敵には逃げられてしまった後、ビートは浅倉朝子に見つかってしまった。

「世良くん、どうしたの？」

と朝子はいつものお節介《せっかい》な調子で詰め寄ってきたが、ビートとしてはどうにも答えようがなく、うーうー唸《うな》っていたら、

ぐう、

と彼の腹が派手に鳴った。

戦闘後の急激なカロリー消費に対する反応だったのだが、これに朝子の眼がきらりと光った。

「世良くん、お腹空いてるの？」

「え？　い、いや――」

「ちょっと待ってて！」

彼女は急にどこかに行ってしまったかと思うと、すぐに戻ってきた。その手にはひとつの荷物が下げられている。

「……なんだそれは」

「お弁当よ」

――だった。今は授業中であり、この朝子がどんな名目で教室から抜け出しているのか知らないが、しかしこれを取りに行ったときには戻ったはずである。教師はそれを注意しなかったのだろうか？

「……教室ではなにか言われなかったのか？」

「ううん、別に。〝必要なんです〟て言ったら〝そうか〟って」

……なんとなく目に見えるようではある。この朝子という少女には、なんとなく人に有無を言わせない雰囲気があるのだ。

「お腹減ってるんでしょ？　ほら」

と、校庭の隅っこにビートを連れてきて、彼女は弁当を差し出してきた。

「——あんたは昼に食べなかったのか?」

今はもう五時限目の時刻である。

「うーん、なんか食欲なくて。購買でパン買って食べちゃったから、残ってたのよ」

「………」

そう言われても、ビートとしてはこういうものには一応〝毒物が入っているのではないか〟と疑うような環境で生きてきた訳で、食えと言われてもそうそう簡単には……。

「残ると逆にもったいないしさ。食べてよ。ね?」

朝子はビートの目を覗き込むようにして言ってくる。

「……ああ」

気がつくとうなずいている。どうもこの娘は人に有無を言わせないところが——。

(ええい、どうとでもなれ!)

ビートはちんまりした弁当箱に箸《はし》をつけて、一気にカッ込んだ。

(…………)

この二人の姿を、校舎の隅にある理科実験室に隣接する用具収納室の換気扇のわずかな隙間から観察している者があった。

（……ピート・ビート——貴様は必ず、この僕の手で仕留めてやる。そうとも、どんなに回り道をしようとも、だ）

その人影——戦闘用合成人間ラウンダバウトは、ひたすらにビートと浅倉朝子の方に注意を集中している。

着ているブレザーの、その下のワイシャツは胸元が裂けたままであり、その胸の膨らみも外から見えてしまっているが、ラウンダバウトはそんなものにはまるで気を払っていない。

ただし、屈辱は感じている。肉体的なことではなく、自分の完璧だと思っていた行動の、その裏をかかれてまんまとしてやられてしまったことに対してのものだ。自分自身の甘さにも怒りを感じていて、それがラウンダバウトの感情をさらに複雑にしている。

（……僕は、失敗を犯しやすい人間だ）

ラウンダバウトは、そのことを自覚している。一度感情が激発してしまうと、押さえが利かなくなるのだ。

二年前、それで彼女はそれまで所属していた統和機構にいられなくなった。任務に失敗したのだ。国際人身販売組織を監視しろという命令だったのに、そこで年端《としは》も行かない子供たちが売り買いされる現場を前に、怒りに燃えて飛びだしていって、戦ってしまったのだ。組織は壊滅状態になっただろうが、その後ろにいたはずの者たちの手掛かりは失われた。

戦闘の後で、そのまま逃走した自分は行方不明扱いで、おそらく死んだということになっているはずだ。だが生きていることがバレたら只《ただ》ではすまない。おそらく専任の、裏切り者を処分するための暗殺者が自分を追いかけてきて、いずれは始末されてしまっただろう。いま生きているのは、自分を助けてくれたある人物のおかげだ。

〝そのひと〟はラウンダバウトにこんなことを言った。

「なんだったら〝あなたは死んだ〟と統和機構側に思いこませることもできるんだけど、どうする？」

……なんでそんな申し出をしてくれるんだと疑い、目的を問いつめると、彼女は穏やかに、

「あなたには人の中の〝隙〟を感知できるんですってね？　ならば――その力をひとつ、私に対して使ってくれると、嬉しいんだけど」

と奇妙なことを言った。

……どういう意味だ、とラウンダバウトが訊ねると、彼女は静かに、

「私は、私を殺してくれる人をずっと探している――あなたなら、私に隙があるときに、あっというまに殺してくれるんじゃないかしら、と思ってね」

くすくす笑いながら、そう言った。

……訳のわからないラウンダバウトが訝しんでいると、彼女は「ふふっ」と微笑んだ。

「私を殺さないのなら、私に力を貸してくれないかしら。もちろん、それが気に入らなくなったら、すぐにでも私を殺してしまえばいいわ」

おそろしく投げやりで、しかしそれ故に何事にも揺らぐことのない、力強い意志がそこにあった。

隙だらけのようで、しかしどこにも〝油断〟というもののない、そんな精神にラウンダバウトはそれまで会ったことがなかった。

そして思った——自分はもしかすると〝このひと〟と出会うのをずっと待っていたのかも知れない、と。

こうしてラウンダバウトは彼女に助けられ、そして忠誠を誓ったのだ。

そして、その命令でピート・ビートの監視と、力を見極める——場合によっては殺してしまってもかまわないという使命を受けている。

(そうだ、なにがあっても、この使命は果たしてみせる……！　もはやこれは、使命だけではない、僕のプライドの問題にもなっているのだからな)

ラウンダバウトが心の中で決意を新たにした、そのときである。

(……ん？)

腰のポケットの中で通信機が振動している。

音声をここで発することはできないので、交信機能は切ってある。その通知は発信元にも伝わっているはずだ。それでも呼び出してくるということは緊急の要件だろうか？

ラウンダバウトは通信機を取り出した。その小型画面に通信文が写し出されている。無論そ

れは暗号表示だが、それを解読すると、

〝ソノ場カラ撤退シ、帰還セヨ〟

という意味になる。

（なんだと？　どういうことだ？）

ラウンダバウトは焦った。

状況が変わったのだろうか？　もう自分はピート・ビートに接触すべきではないというのだろうか？

（……質問してみるか？）

ラウンダバウトは通信機のスイッチに指先を載せた。だが、そこで動きが停まる。

（――しかし、ここで確認してしまっては、もう僕はピート・ビートとは、二度と……）

「…………」

ラウンダバウトは通信機を前に身を強張らせている。

「……おいしい？」

朝子は弁当を食らうビートに質問した。

「……まあな」

ビートはそう答えはしたが実際、彼は味オンチなのでウマイもマズイもよくわからない。

「世良くんって、普段なに食べてるの？」

「昼は学食を食ったぞ」

「そうじゃなくて、朝とか、夜とかは？」

「まあ、適当に」

「適当って？」

「カロリースナックとか」

「それじゃ身体に良くないわよ。ちゃんとした食事をとらないと」

朝子は何故か、妙に切羽詰《せっぱ》まった気持ちになっている。

「栄養は計算してるよ」

ビートは投げやりな口調で呟いた。

「駄目よ、そんなんじゃ！」

朝子はムキになって大きな声を出した。そして続いて、後になってどうして自分でもそんなことを言い出したのか理解に苦しむようなことを口走っていた。

「そうだ——それならさ、今日ウチにご飯を食べに来なさいよ！」

言った直後に、はっ、と我に返る。なんかすごく図々しいことを言ってしまったような気がした。

「い？」

言われたビートも、さすがに唐突《とうとつ》で驚いて、動いていた箸《はし》が停まる。

朝子は頭の中が、かーっ、と熱くなって、さらに言いつのってしまう。

「そ、そうよそれがいいわ！　そのお弁当はお母さんが作ってくれたんだけど、あ、でも私だってたまには作るんだけど、とにかくウチの料理は口に合うみたいだし、ね、ね？」

ああ、私は何を、と思いながらも、口が勝手に動いてしまう。

しかし、これは確かに本心だった。口からの出任せではなく、彼女は、彼を家に食事に招きたいと本気で思っているのだった。

「…………」

ビートはそんな彼女をなかば茫然として見ている。

「あ、あのさ――どうかな？」

おずおず、という感じで朝子は訊いた。

「――――」

ビートは無反応というか、無表情というか、なんとも言えないような顔をしている。

しばらく、そうやってそのまま二人して無言でいたが、やがてビートが、

「――まあ、ご招待にあずかるか」

と妙に老けたような物言いをした。

「え？　ホント？」

「……ああ」

「ホントにホント？　じゃあウチに電話しとくよ」

朝子の顔がぱあっ、と明るくなった。

……ビートとしては、今この浅倉朝子から目を離せない状態にあるので、この誘いは好都合ではあるのだった。だが即答しなかったのは、なんでこんな提案がされるのか、それが理解できなかったからである。

（わからん、俺にはこの女の鼓動だけじゃなく、何を考えているのかも全然わからん……）

内心で、彼は派手にため息をついていた。

＊

「夕飯に招待したいって、なあに、彼氏を紹介してくれるって言うのかしら？」

「やだお母さん、そんなんじゃないわよ。ただの友だち。彼、一人暮らしで最近はまともなものの食べていないって言うから」

「あらあら、それならもっとご馳走《ちそう》を用意すれば良かったかしら」

「あ、いえ。お気遣いなく」

……といったような経過を経て、ビートは浅倉家の食卓のご相伴《しょうばん》に預かることになったのだった。

（しかし——馴染めないな）

朝子と家族は、ビート抜きでも和気あいあいと談笑していて、その合間に話が振られるとビートは「はあ」とか「まあ、そんなとこです」とか当たり障《さわ》りのない返事をするだけである。平和な家庭の、平穏な光景だ。ビートがこれまで一度も体験したことのない世界がそこにあった。

「母さん、そこの醤油とってくれ」

「お父さん、少しかけ過ぎですよ。塩分は控えめにしないと」

「そうよ、また血圧が上がるわよ」

「母子そろって攻撃することはないだろう。なあ世良君、どうも我が家はこんな風に女が強くてね」

「はは」

「まあ、それじゃ、なんだか私たちがわがままみたいじゃない！」

朝子が怒ったフリをする。空気は実に穏やかだ。ビートは口元に、かすかに微苦笑を浮かべて漬け物を口の中に放り込んだ。だが、そのとき、

（——ん？）

ビートは咄嗟《とっさ》に顔を茶碗から上げた。

目の前では、浅倉夏江がニコニコしているだけだ。

しかし、今——ビートが一瞬だけ感知したような気がした鼓動は、

（……殺気、みたいな）

そんな感じがしたのだが、しかしそれは一瞬で、今では影も形もない。

それが本当に殺気だったとして、この女性から発せられたのかどうかも定かではない。今ではただ、彼女からはビートに対してやや警戒しつつも、全体的には上機嫌、という鼓動しか感じられない。

（錯覚……か？　少し気がゆるんでいたから、その反動でぴりっと来たかな）

「……ん？　どうかしましたか」

夏江はビートの視線に気がついて、訊いてきた。

「……いや、あの——おかわり、とかいいスか」

ビートは茶碗を差し出した。ごまかしたと言うよりも、本当に食いたかったのである。

「ええ、もちろんんよ。遠慮なく」

「なかなかいい食いっぷりじゃないか。最近の若い人は、男でもダイエットとかしているんじゃないのか？」

敏彦がからかうような口調で言う。こちらもなかなか機嫌良さげだ。

「いや、よく知りませんが」

ビートが素直に言うと、朝子がぷっ、と吹き出した。

「なによ世良くんたら、なんかじじむさい言い方しちゃって」

「いいじゃない。身体を動かすスポーツマンはもりもり食べなきゃね。ねえ世良君」

夏江がご飯を大盛りによそっている。

「はあ。ではお言葉に甘えて」

ビートは茶碗を受け取ると、また食い始める。

（なんか、今日は食ってばっかだな……）

ビートは今、自分が何をしているのか良くわからなくなる。

こういう空気は慣れていない。自分は物心ついたときには、もう戦闘任務に――と彼が思ったそのとき、

……さん、父さん、母さん、しっかり……

と、誰かが叫ぶ声が聞こえたような気がした。誰の声かはわからないが、何故だか、ひどく近くて、そして一度も聞いたことがない声のような――とても遠くて、それでいて、深く突き刺さってくるような……

そして、すぐに途切れて消える。

残響も何もない。ぷつっ、と失せた。

(な、なんだ?)

空耳にしては、それは変に生々しい響きを伴っていた。

「…………」

茫然としていると、朝子が彼の顔を覗き込んで、

「どうかしたの?」

と訊いてきた。

「今、なんか――声がしなかったか?」

「え? 何、テレビの音?」

朝子が視線を向けた先では、ドラマで何やら男女二人の感動の再会らしきシーンをやっていた。

「……い、いや、なんでもない」

ビートは口をつぐんだ。

＊

食事が終わり、軽いお茶の後でビートは席を立った。

「じゃあ、そろそろ」

「あら、そう？」

「どうもご馳走様でした。おいしかったです」

ビートは頭を下げると、ほとんど逃げるようにして浅倉家を後にした。なんとなく居たたまれなかったのである。

玄関を出て、門扉《もんぴ》をくぐったところで、朝子が追いかけてきて、

「――せ、世良くん！」

と彼を呼び止めた。

「ん？」

ビートは振り向いた。朝子は、なんだか少し困ったような顔をしている。

「あの――そのさ」

「なんだ？」

「め、迷惑じゃなかった？　なんだか無理矢理連れて来ちゃったみたいだったし」

「――」

ビートはちょっと押し黙った。だがすぐに口元に微笑みを浮かべて、

「いいや、楽しかったよ。ありがとな」

と言った。

「そ、そう?」

朝子の頬が嬉しそうに揺れる。

「面白いでしょ、ウチの家族」

「家族は大切にしないとな」

ビートは少しずれたことを言った。朝子は一瞬きょとんとしたが、すぐにうなずいた。

「うん、そうよね。そう思う」

「じゃあな、また明日」

ビートはかるく手を上げるが、しかし彼は実際にはこの後も、引き続きこの浅倉朝子の監視を続けるのである。彼女は狙われている。これから彼女から一時も目を離すことはできない。

「うん、学校でね」

そんなことは夢にも思わない朝子も、少し名残惜しげに手を振る。そしてビートは彼女から背を向けた。

その瞬間だった。

ばっ、とビートの死角から影が音もなく飛びだしてきて、朝子の身体と口を同時に押さえ込みつつ、そのまま——

……ざっ、

と朝子が履いていたサンダルがアスファルトの上をかすかにこすって、音がした。

はっ、とビートが後ろを振り向いたときには、既に遅かった。

朝子は眼を見開いたまま、影の腕に横抱きにされて、そして連れ去られるところだった。その影の横顔は、

……にやり、

と笑っていた。それは忘れもしない、偽名《ぎめい》では奈良崎克巳と名乗っていた——

（——ラ、ラウンダバウト?!）

ビートの眼がその敵の細いシルエットを捉えられたのは一瞬で、すぐにその姿は跳躍し道の角を曲がって、消える。

「——くっ！」

ビートも無論、即座に駆けだしている。

相手は朝子を抱えている。脚なら彼の方が速い。

再び相手の姿を視認する。だがラウンダバウトは、前もって逃走コースを設定したらしく、

その移動には迷いがない。いちいち角を曲がるときに相手の姿を探さなくてはならないビートは、その点で相手に劣る。

奴は朝子をすぐに殺すつもりがないようだ。とどめを刺すために停止すれば、ビートに追いつかれるということを知っている。

逆に言えば、ラウンダバウトの姿をビートが見失ったとき、それは浅倉朝子の生命が絶たれるときに他ならないのだ。

（——くそっ、逃がしてなるものか！）

夜の住宅街に、他の人影は皆無だ。

隣接する家々の住人たちは、誰一人としてそこで起こったことを知らない。

異変は彼らのすぐ横を走り抜けていき、そして街外れの、山の中にあるひとつの場所へと向かう。

その場所こそが、このピート・ビートとラウンダバウト、常人ならざる能力を持った両者の、戦いの決着の場となるのだ——。

2.

「——おい、朝子？」

浅倉敏彦は、玄関へ出ていった娘が戻ってこないので、自分も門扉の所まで行った。

そこに、娘が履いていたと思しきサンダルが、片方だけ脱げて転がっていた。

「………………」

厳しい顔になり、周囲を見回すが、もうそこには誰もいない。

彼は、ここで普段はまったく見せることのない鋭い表情になり、夜空を見上げた。

「――ここまで、か」

呟いたその後ろには、いつのまにか妻の浅倉夏江が立っている。

「時が、来てしまったようですね」

彼女も静かに囁く。

「ああ、できたら、せめて成人するまでは無事に過ごさせてやりたかったが――」

悲痛な表情で、父は頭を振った。

「――世良稔くんが、どうやら助けに向かってくれているらしい。こちらは〝提案者〟に至急連絡しよう」

「……統和機構を裏切ることになりましたね、結局は」

「私たちは、朝子を我が子として育てようと思ったときから、ずっと中枢《アクシズ》を裏切っていたのと同じだ。違うか？」

「ええ。その通りです」

母は静かにうなずいた。二人に迷いの色はなかった。

*

……同時刻、駅前から少し離れた、繁華街の外れで、小さな衝突が起こっていた。

「……なんだあ、兄ちゃん、やるってのか？」

五人の、みるからにヤクザという姿をした連中が、一人の男と、その男にしがみついている女を取り囲んでいる。

「事情はよく知らん。だが話を付けるにしても、五対一というのはフェアじゃないな」

男は夜なのにサングラスを掛けている。にょっきりと背が高く、ぼさぼさの蓬髪《ほうはつ》を風になびかせるままにしている。無彩色のコートは洒落っ気とはほど遠いが、男の全体的に無造作な物腰にはよく似合っていた。

「た、助けて！」

一方、女の方はやたらに高価そうな毛皮のコートにラメ入りのワンピースと、いかにも水商売臭いごてごてした格好である。二人に共通の趣味や興味があるとは思えない。

周囲には野次馬が遠巻きで取り囲んでいるが、誰もこのトラブルには介入しないで高見の見物を決め込んでいる。

「なにカッコつけてやがる！」

「オイ、今からワビ入れても間に合わんぜコラ！」

ヤクザたちは口々に凄みながら、男の方に近寄っていく。

「…………」

男は無表情だ。

だが女の方は怯えきった表情で、さらに男の腕にしがみつこうと力を込めた——はずなのに、次の瞬間に彼女の腕は空を掴んでおり、男は彼女から一歩離れていた。

（え……？）

彼女は訳がわからず、ぽかんとなったが、端から見ていたら別に、男が前に出ると女が自然に離れたようにしか見えなかったので、ヤクザはさらに迫ってくる。

「半年は、足腰立たないようにしてやるぜ！」

ドスの利いた声で脅しながら、身体が一番大きい若いヤクザが男に殴りかかってきた。スピードのあるパンチだ。しかし、

——すい、
と男はかすかに身体を傾けるだけで、この拳を簡単に避けてしまった。周りの野次馬には、

ただヤクザが見当外れなところを殴ったとしか思えなかったほど、男の動きは小さい。

「な、なんだ？　このヤロ――」

と若いヤクザがまた殴りかかろうとしたら、今度はその勢いのまま、男の横を通り過ぎたかと思うと、道路に倒れ込んでしまった。

そして、動かなくなる――一瞬の間に当て身を喰らって、気絶していた。

「な……?!」

「な、なんだテメエ――何しやがった？」

ヤクザたちの間に動揺が走る。

「暴力に頼るなら、暴力を受ける覚悟もあると見た――文句を言われる筋合いはないだろう」

男は静かな声で言った。

「……んだと？」

ヤクザたちは気色ばむ。そして今度は二人で一度に殴りかかっていった。

「――」

しかし男は、これに対して逆に前進した。そして、殴ろうとしていたヤクザの拳をその身でそのまま受ける。脇腹部と、右胸部の辺りに。しかし――

びくともしない。

そして次の瞬間、その二人の方が反対に吹っ飛んでいた。殴ろうとした力が打撃を与える態勢になる途中で遮《さえぎ》られ、そのまま自分で自分を突き飛ばすような形になってしまったのだ。

一瞬の、コンマ数秒単位の見極めであった。

そして男はそれだけでは停まらなかった。飛んでいく二人にそのまま追い撃ちを掛けるように跳び、倒れたところを踏みつけた。その力が抜けた腹筋の上を。

「——ぐえっ！」

二人は呻いて、そして悶絶《もんぜつ》した。的確に急所を踏まれていた。

男は一瞬でふたたび跳び、道路の上に何事もなかったように降り立つ。

「——さて」

そして残るヤクザに眼を向ける。

「まだ、やるか？」

その声は静かなままだ。だがそれが、この場合は限りなく深い恫喝《どうかつ》になっていた。

「こ、この……！」

ヤクザの、それまで後ろにいた兄貴分らしき男が唸《うな》った。ここで逃げることは、彼らの社会ではメンツという名の強迫観念が許さないのだが、しかし敵は圧倒的で——

（……ん？）

ここでそいつは、男のサングラスの下にある異状に気がついた。左眼はなんともないが、右眼の瞼はかたく瞑《つぶ》られており、その上には一筋の大きな傷痕があるのだった。その傷の端は頬にまで達している。

（こいつ——隻眼《せきがん》か？）

それがわかった。この大男は、右側に大きな死角を持っているのだ。これは大きな弱点だった。どんなに強いボクサーでも、片目が腫《は》れ上がって潰れてしまったら勝てないように、格闘に於いては視界不良はそのまま命取りになるのだ。

（なるほど——これを突かない手はないぜ！）

兄貴分のヤクザはニタリと笑うと、残っている手下に耳打ちした。

「おい、おまえは奴の左側から襲え。俺は右からやる」

「へい」

二人は揃って、懐《ふところ》に忍ばせていた短刀《ドス》を引き抜いた。

それを見ても、男の表情に変化はない。それどころか、

「拳銃《チャカ》は抜かなくていいのか？」

と冷静な口調で言う。

「ほざけ……！」

二人はじりじりと、男の方に迫っていく。不用意に近づくとやられるのは目の当たりにしているので、慎重に動いている。

そして兄貴分ヤクザは、男の死角の方にずい、と足を入れていく。男から彼は見えなくなっ

ているはずの位置に。

すると、男は淡々とした口調で言った。

「〝右〟はやめておけ――急所しか視《み》えないから、手加減できんぞ」

それは何の強がりもない声だった。凄んでいるわけでもハッタリを利かせているのでもない、ただ〝このコーヒーはモカだな〟とでも言っているような、事実を確認するだけのさらりとした言葉だった。

びくっ、とヤクザの足が一瞬停まった。本能的な危機を感じて、すくんだのだ。

と、男はここで意外な行動に出た。

くるっ、と兄貴分の方には背を向けて、もう一方のヤクザにだけ相対したのだ。

右側の死角どころか、まったく対峙する気がないというような態度だった。

「――な……」

ぷつん、と兄貴分は切れた。

「ば、馬鹿にすんじゃねえ！」

二人のヤクザは同時に、男へ挟み撃ちの形で前後から刃物を光らせながら突撃した。

「…………」

男の表情に変化はなく、そして彼はもう、拳すら使わなかった。

すっ、と身をかがめ、そしてくるっ、ブレイクダンスのように地面すれすれのところで身を回転させた。

その突き出されていた脚に、二人のヤクザは共に足元を掬《すく》われる。

「——わっ！」

間抜けな悲鳴を上げて、二人は互いの額に額をぶつけて、頭突きしあう形になって、そして、

……ごつん、
という鈍い音を立て、そのままずるずると路面に崩れ落ちた。

隻眼の男は、そのときにはもう二人から少し離れたところに立っている。三人が絡み合うような状態になっていたはずなのに、彼だけはいつのまにか外れていたのだ。誰の眼にも、彼が動いたところがよく見えなかった。その動作はむしろ緩やかな流れの如く緩慢だったはずなのに——。

「————」

ずっとそこに立っていた女は、ぽかん、と口を開けたまま、動かない。

「さて」

男が彼女の方に振り向くと、びくっ、とその身体が跳び上がるようにして硬直がとけた。

「終わったぞ」

男は静かに言った。息ひとつ切らしていない。

「あ、ああ——そうみたい、ね……」

路上に伸びているヤクザたちに眼を落として、女はまだどこか茫然としている。

「あ、ありがと——その、強いのね？」

「礼はいらない。あんたを助けた訳じゃない」

男の口調はあくまでクールだ。

「何かやっているの？　その、空手とか」

「強いて言うなら、剣道だな」

「剣道？　……だって、刀とか持ってないじゃない」

「剣道に武器はいらない」

男は奇妙なことを言った。

「そ、そうなの？」

女は訳がわからないが、とにかくうなずいた。

「簡単に言うと〝剣〟とは線の見極めだ。人間の動きには〝線〟がある。その線が届かないぎりぎりの距離を保って動けば、どんな相手にも対応できる」

男はすっ、と指を一本立てた。

「例えばそう——こんな風に」

そして男はゆっくりとした動作で、とん、と女の眉間《みけん》の辺りを指先で突いた。

「え?」

女はぽかんとしたままだ。彼女には、その指の動きが見えなかったのである。目の前で振られたのに——そして、次の瞬間、彼女の身体はくたくたと路上に崩れ落ちた。

手にしていたハンドバッグも転がり、その留め金が外れて中身が散らばった。

そこには白い粉の入ったビニール袋が詰まっていた。

「——おおかた、売人が不当な横流しをしようとしていたのがバレて制裁されそうになっていたんだろうが、ま——どっちもどっちだな」

男は呟くと、周りに集っている野次馬たちに眼を向ける。

「警察にはもう、誰か知らせたんだろう?」

言われて、何人かがひっ、と首をすくめた。彼らの手には携帯電話が握られている。

「じゃあ、後は彼らに任せる」

隻眼の男はまったく悪びれることなく、群衆の間を歩いて、風のように通り抜けていった。

誰も、後を追う気力はなく、そのまま見送るだけだった。

誰もいない路地裏に男がやってきたところで、彼の胸元で携帯電話が着信を告げた。

彼はそれを取り出し、掛けてきた相手を確認するとすぐに通話に出る。

「——どうした？」

簡潔に訊く。

『〝提案者〟としての仕事だ。イナズマ』

回線の向こうからは若い、しかし落ち着いた男の声が響いてきた。

「至急か？」

イナズマと呼ばれた男の問いに、向こうから『そうだ』という答えがすぐに返ってきた。

『状況は進行中だ。保護対象は少女で、名前は浅倉朝子といって——』

3.

（——そうだ。そうやって追ってこい、ピート・ビート……！）

ラウンダバウトは浅倉朝子を脇に抱えながら夜の街を疾走している。

朝子は意識を失って、ぐったりと動かない。

頸動脈《けいどうみやく》の上を押さえられて、意識の灯を落とされてしまっているのだ。もう少し絞め続けていれば殺すのは容易だが、ラウンダバウトはあえてそうはしない。

ピートが今、自分の位置が相手に筒抜けになることも恐れずに追ってくるのは、この娘が生きているからだ。この朝子の鼓動を感知しているから、懸命に向かってくるのである。

（この娘は人質——ピート・ビート、僕はおまえを試す）

ビートが、この娘の重要性に気づいておらず、見捨ててもろともに攻撃してくるようならば、奴にたいした状況判断力はない。その程度の存在として、放置してしまっても害にはなるまい——しかし、

（もし、何がなんでもこの娘を生かしたまま僕から奪回しようとするならば、それはおまえの鋭さと〝我が身を省みない〟性格を証明するということだ。多少の無理があっても——今！全力をもって仕留めなければならない！）

重要なのは〝距離〟だ。

奴から離れすぎず、しかし近づかれすぎず、的確な距離を保ち続けて、奴に追いかけさせること——それがラウンダバウトの作戦なのだ。

そしてそのことは、もちろんビートにも既にわかっている。

（奴は〝距離〟をとってやがる——俺をどこかに誘導する気だ！）

しかしわかっていても、追いかけざるを得ないのだ。

やがて、この追跡行はビートにとっても馴染みの——そして、気絶している浅倉朝子にとってはさらに日常的な、彼女が少しうっとうしさを感じつつ、しかし最近は楽しく毎日通っている場所に入った。

県立秋荻高等学校の敷地の中に。

＊

誰もいない、夜の校庭に立ってビートは周囲を見回した。

彼の能力〈ＮＳＵ〉で感知できる朝子の鼓動の位置は、一箇所に留まったまま動かなくなった――気絶させられている彼女は、校舎のどこかに置かれたのだ。しかし――ということはラウンダバウトはもう、朝子から離れて学校内に潜《ひそ》んでいる可能性が高い。

（奴の鼓動は、お互いの能力が干渉しあって感知できん――だが当然、奴の方は俺の姿を捉えているはず）

今も、一瞬でもビートが隙を見せたら即座に致命的な攻撃を仕掛けてくるに決まっている。もうとっくに奴の罠《わな》にハマっている、そんなことは知っている。しかしビートには他に選択肢がない。

「…………」

「――ちっ」

かすかに舌打ちしつつ、ビートはまっすぐに朝子がいる場所に向かって走っていった。

この学校には宿直の教師などがいない反面、警備会社に直結している警報が至る所に取り付けられていて、ひっかかると面倒なことになる。

ビートはその位置と性能はチェック済みなので、避けることもできるのだが、しかし今は、

(——んなこたぁ、かまっていられるか!)

警報が鳴って警備会社の者たちが駆けつけてくる十数分の間に、おそらくこの戦いは決してしまっているだろう。

ビートはためらいなく、校庭から直進して職員室の窓を蹴破りながら校内に突入した。

教員たちの机の上をそのまま飛び跳ねるように疾走し、廊下に出る。

その瞬間、ひゅん、と目の前に何かが迫ってきた。

ビートは反射的に身をかがめる。

すると背後の壁に、かつっ、と音を立てて細い針のような矢が突き刺さった。職員室の扉と連動したトラップだ。

続いて天井から刃物状に尖ったガラス片が無数に振ってきた。

それを避けると、今度は足を置いた床板がいきなり横滑りして安定を失わせる。

その滑っていきそうになる方向から、また矢が飛んでくる。

ビートは滑る床板を逆に蹴って、そのものを跳ね上げて矢を弾き飛ばした。

(仕掛けだらけだ——奴は今日の内に、この学校中にもう仕込みを終えていたということか)

ビートは強引に、飛んでくる物は避けながら、転びそうになればその勢いでさらに前進し、

とにかく一瞬たりとて停まらないように、ということに注意した。

ラウンダバウトは、敵の行動の隙間を突いて攻撃してくるからだ。ならばビートとしては、ひたすら隙間なく動き続けることぐらいしか対策を思いつけないのだった。

罠《わな》に脚を取られて停まったとき、ビートはやられる——これは確実だった。

（——しかし、どんなに気を付けていても、絶対に俺が停止する瞬間がある。それは——）

そう、ビートが朝子を助けるとき、彼はどうしようもなく無防備な状態をラウンダバウトに晒《さら》すことになる。

しかし、こっちもそれは覚悟の上だ。

朝子のいるところに行ったとき、そのときが両者が激突するときだとわかっていれば、相手が攻撃を仕掛けてきたとしても、迎撃することができるかも——いや、やるしかないのだ。

（来やがれラウンダバウト！　望み通り、貴様と俺の決着をつけてやる！）

ビートは階段を駆け上がり、飛んでくる鉄の矢をかいくぐりながら朝子の鼓動が感知されるところまで全力で走り続ける。

三階に、その反応はあった。

特殊な部屋ではなく、ごく普通の二年二組の教室から朝子の鼓動が伝わってくる。

ダミーではない。鼓動が本物か偽物《にせもの》か、ビートにはその区別ができる。ましてや朝子の鼓動は、ビートが分析できない唯一の鼓動という特殊性を持っている。間違えるはずがない。

（まだ負傷はしていない——だが気絶していて、呼吸が不安定だ）

ビートは、ドアの閉ざされた教室の前に来て、そこでやっと足を停めた。

数秒、待つ。

だがラウンダバウトは襲ってこない。

教室の中に入るまで、仕掛けるつもりはないらしい。

（——トラップが仕掛けられているのは確実だ。どうする……？）

だが、ビートに迷っている暇はやはり許されていなかった。

かちっ、という不吉な音が、教室の中から響いてきた。

トラップの作動音だ。

「——！」

ビートは急いでドアを開けて、そして——己の甘さを思い知らされた。

トラップは用意されていた。

教室にはびっしりと、矢が発射される仕掛けがセットされていて、それが一斉に標的めがけて発射されそうになっていた。しかし——それはビートの方を向いていなかった。

すべて、床の上に倒れている朝子の方を向いていた。

〝直接的ではなく、回りくどいと思われるような、しかし確実な方法で——〟

それがラウンダバウトの戦法であり、ビートはそれを知っていたのに、思い至ることができなかった――攻撃する対象はビート本人に直接である必要はない。朝子を撃てば、ビートの方から飛び込んでいかざるを得ない――それこそが〝迂回《ラウンダバウト》〟の作戦だったのだ――

「――くそったれがッ！」

ビートは雄叫びを上げながら、罠が待ち受ける教室に飛び込んでいった。

朝子の身体を抱え込み、さらに動こうとしたときにはもう、間に合わない。

――どすどすっ、、、、、、と我が身に矢が何本も突き刺さるのをビートが感じたそのとき、朝子の下に張られていたワイヤーが、

……ぴん、

とスイッチを起動させる。

次の瞬間、教室は壁に貼り付けられていた極薄のプラスティック爆弾によって爆破された。

閃光《せんこう》と爆煙が教室の窓から吹き出すのを見て、ラウンダバウトは潜んでいた校庭の茂みから身を起こした。

（――よし！）

始めから、彼女にビートを直接攻撃するつもりはなかった。距離を取って、追いかけさせた時点で既に彼女の戦術は完成していたのだ。

（もしも、奴がしぶとくまだ生きているとしても——矢を身体に受けて爆圧を喰らってしまった以上、そのダメージは決定的！　余裕を持ってとどめが刺せるというものだ！）

ラウンダバウトは素早い足取りで、三階の爆破した教室へと向かっていく。

4．

……ぼんやりとした怠さを覚えつつ、朝子は眼を開けた。

「う、うーん……」

最初に考えたことは、どうして目覚ましが鳴っていないのだろうか、という少しピントの外れた内容だった。だが、自分がいるのがベッドの中でないことに気がついた時点で、はっ、と我に返る。

周囲には埃っぽくて苦いようなツンとくる嫌な臭いが充満していた。

そして暗い。

熱を帯びた空気が頬をなぶるかと思うと、ふいに冷えた風が頭のてっぺんに当たる。

そして——重い。

身体の上に何かがのしかかっている。

「——な、なんなのよ……？」

靄《もや》がかったような頭を振りながら、朝子は自分の上の重いものを押しのけようとした。

ずるり、と指先が熱くてぬるぬるする感触で滑った。

（え……？）

その感触には覚えがあった。

そして眼を落とす。自分の上に乗っているものに眼をやる。

それは人間だった。

その背中や腹部から、細くて長いものを突き出させている——いや、矢が身体中に突き刺さっている、その男の子から流れ出している赤いものが、朝子の指先にまでこぼれ落ちてきていて——。

「——ち、ちちち、血が——」

そしてその男はぴくりとも動かず、どう見ても状況的に、彼が自分の上にいるから彼女には怪我がないという、この意味は——

「せ、世良くん——助けてくれて……？」

だが、その彼は、その虚ろに開いたままの瞼は、口元は、そして上に載っているにも関わらず、彼女に伝わってこない鼓動は……。

「ね、ねえ……世良くん？　世良くんてば？」

朝子はどうしていいかわからず、彼の肩をゆっくりと揺する。

しかし、反応は一切なく、彼女の眼からはどうしようもなく、涙が――

＊

……風が吹いている。

河のせせらぎが聞こえてくる。

足元で、砂利が軽く音を立てる。

「…………」

彼は、茫然とした顔をして突っ立っている。

「ここは……どこだ」

彼は周囲を見回す。

辺りには白っぽい靄が立ちこめていて、ほとんど視界が利かないが、しかしどうやら河沿いの場所にいるらしいということはわかった。

しかし、自分はこんなところに前からいたのだろうか？

そうではなかったような気がする。

自分は確か、ここではないどこかにいて、そして戦っていたはずである。

「そうだ――俺は、奴にやられて」

しかし今、自分の身体を見ても、受けたはずの傷痕はどこにもなく、痛みもない。

それどころか、身体はなんだか透《す》けて見えた。いまひとつ実体として成立していない感じだった。

「……ということは、ここはもしかして」

彼は辺りをあらためて見回す。

気づいてみれば、なんとなく思い当たる節もある場所だった。河の向こう側には何があるのか誰も知らないが、いずれは誰もが渡るという、その河の話に、ここはよく似ているような気がした。

「じゃあ、俺はほんとうにやられてしまったのか」

ぼんやりと呟く。

実感がないというより、他人事《ひとごと》みたいな印象が強い。

戦いの中で数多くの敵を倒してきた以上、いずれは自分も誰かにやられることは覚悟していたし、そのときがこんな形で来ただけのことだ。それよりも、

「合成人間の俺も、こんな所に来られるとはな」

以前に、他の人間と自分がどう違うのか色々と考えてみたことがあるのだが、その際にふと思ったのは、

〝自分には魂《たましい》という物がないのではないか〟

ということだった。兵器として造られた自分と、生命をはぐくむためにちゃんとした親から生まれたものとの間にあるものといったら、そういうことではないかと思ったのだ。

しかし今、自分はこういう場所に来ている。

ということは、あの考えは間違っていたのか。それともやっぱり、自分はここまでは来られても、河の向こう側に渡ることはできないのか。

「船のたぐいは見当たらないしな……」

彼はぶらぶらと歩き始めた。

よく〝向こう岸には自分を出迎えてくれる人間が立っている〟というが、自分にそんな相手がいたとも思えない。強いて言うならモ・マーダーの叔父貴だが、あのひとはどうもそういうタマでもなかった。自分のことは自分でやれ、人に頼るな、とか言いそうである。

「……ていうか、立ってられたら逆に不気味だな。殺されるかも」

なにしろ一級の暗殺者だったのだから。彼はくすくすとひとり笑い、そしてふと思う。

ここまで来たところで殺されたら、今度はどこに行くのだろうか。前の所に戻るのか、それともまったく別の場所に行くのか、はたまた消えるのか。

そうだ、自分はやっぱり、今まさに消えようとしているだけで、ここは幻覚の、薄れゆく意識の最期《さいご》の断片なのかも知れない。

そんなことをつらつら思いながら河沿いを歩いていると、彼の前にひとつの人影が現れた。

河の向こうではなく、こっち側にいた。

そいつは子供だった。

どこかで見たことがあるような、しかし一度も会ったことはないのも確かな、変な印象の子供だった。

「…………」

そいつは砂利の上に腰を下ろして、こっちを見上げている。

「よお」

彼はそいつに声をかけてみた。

「おまえも、ここに来ちまったのか？　それにしては透けていないな」

そいつは彼とは違って、身体の輪郭《りんかく》がはっきりと存在していた。

「…………」

そいつは無言で、彼を睨むように見つめてくる。

「きっとおまえは、まだ完全にはイッちまっていないんじゃないのか？　だからはっきりとしているんだ。今からでもきっと戻れるぜ」

彼はそんなことを言ってみた。

「…………」

しかしそいつは答えない。

彼にひたすらに視線を据えたまま、動かない。

「おまえ、名前はなんて言うんだ？」

彼は訊いてみた。

するとそいつは、ふう、とかすかにため息をついた。

「まだ、わからないのか」

静かに言われる、その声にもどこかで聞き覚えがあるような気がする。

「――なんだって？」

「おまえには、そんなつもりなどない――あの状況から去る気などまったくない癖に、いつまでこんな所にいるつもりだ」

そいつは淡々とした口調で言う。

「あの状況？　あの状況ってなんのことだ？」

自分は、罠にはめられて、ここまで堕《お》とされてきた。だがそのとき、そこには何があっただろうか。

彼は――そこにいたのは彼だけだったのか？

彼はどうして、わかっていたのに罠にはまってしまったのだろうか――とそこまで考えたとき、急に、それまでも薄れていた彼の身体が、さらにぼんやりとしたおぼろなものに変わっていく。

そうだ——こんなところにはいられない。

向こうでは、今まさにこれから奴がそこにやってくるはずなのだから……!

彼の身体はぼやけていくが、しかし目の前の子供の方は変わらず、河沿いの場にそのままで居続けている。

消えそうになりながら、彼は懸命にそいつに呼びかけて訊ねた。

「お、おまえは——」

「おまえは……なんなんだ?」

答えはもう、よく聞き取れなかった。だがかすかに届いたその声には、どうやらその言葉が引っかかっていた。

〝——カーメン……〟

……そして、周囲の光景はさあっ、とシンナーで拭《ふ》き取られる油絵の風景のように失せていき、そして実感のなかった彼の身体に戻ってきたものはまず、

*

激痛が走った。

「ぐっ……！」

ビートは、自分の心臓の鼓動が停まっていることをまず自覚し、あわててそれを再起動させた。危ないところだった。あと一瞬でも脳に血液が通っていなかったら、完全にブラックアウトしていた。

「ぐぐぐっ……！」

それまで焦点があっていなかった眼が、急に見えるようになる。

目の前には、泣いている朝子がいた。

わしっ、と彼女はビートの顔をいきなり両手で掴んだ。

「世良くん——生きてるの？」

彼女は震える声で訊いてきた。

「……なんとか、な」

ビートが呟くと、彼女はへたっ、と前に倒れるようにして、ビートの額に自分の額をくっつけた。

「よ、よかった——よかったわ」

「……あんまり良くもねー。すぐにでも、あいつが……」

ビートは身体を起こそうとしたが、身体が思うように動かない。全身に矢を受けて、爆発衝

撃を喰らったダメージが大きすぎる。身体の鼓動をいくら調節しても、まともに動けないだろう。

(戦闘は……無理だ。ましてや相手が隙のないラウンダバウトでは――)

九死《きゆうし》に一生を得たが、状況は最悪のままだ。

朝子が自分にくっついたままなので、ビートは彼女に、

「――とにかく、あんたは逃げろ」

と言った。すると朝子の顔色がさっと変わった。

「な、なに言ってるのよ！　こんな大怪我《けが》してる世良くんを放っとけないわ！」

「そういう――問題じゃねーんだ」

言いながらも、ビートは苦痛に顔を歪める。喋るのもきつい。

「このまま――ここにいたら、二人とも、殺《や》られるんだ……ぞ」

「一緒に逃げるのよ！」

彼女はビートを抱えて立とうとした。しかし力の入らないビートの身体は重く、すぐに朝子はへたりこんだ。

「ああ――どうすればいいの？」

朝子は泣きながら、それでもビートの手を摑んで持ち上げようとした。

彼女は元気で、ビートは弱り切っている。この状態でビートは朝子の鼓動に直に接触した。

そして――気がついた。

（こ……この鼓動は、まさか――）

浅倉朝子の鼓動を、ビートはやっと〝把握〟することに成功した。なぜ彼女の鼓動の性質を、これまでまったく感知できなかったのか、その謎が今、解けたのである。

「……そうか、そういうことだったのか……こんな、こんなことだったとは……！」

彼の口元には笑みが浮かんでいる。やがてそれは肩を揺らし、そして全身を震わせる大笑いになっていった。

「……は、はは、ははは、はははは、ははははは！　なんてことだ、そんな、、、、、そんな――そんな――、、、、、そんなことがありうるとは！　しかし、これならば確かに、俺にはよくわからなくて当然だ！」

ビートの、この突然の態度に朝子は動揺した。

「ど、どうしたの世良くん？　あ、頭でも打ってたのかしら？」

朝子はおろおろとした。だがそんな彼女に向かって、ビートはさらに力を込めて手を握ってきた。

「――あったぞ」

「え？　何が？」

怯える朝子に、ビートは蒼白《そうはく》の顔に凄絶《そうぜつ》な笑みを浮かべて、

「助かる方法だ――この絶体絶命を切り抜ける、最後の策がまだ、あとひとつだけ残っていた

ぞ——」
と言った。

phase6
starless &
bible-black
第六話「無明と暗黒」

1.

場所は、廃墟である。

ついさっき、極端に局地的な大地震によって崩壊した工場跡だ。

雲が出てきている空は、ぼんやりと暮れはじめている。

「さてと——世界の裏で何が起こっているのか、知りたいかしら？」

その廃墟に立って、雨宮世津子《あまみやせつこ》は目の前の、薄汚れた少女に質問した。

彼女の手には拳銃が握られている。

「…………」

その背に気絶した少年を担いだままの少女は答えない。

「たとえば、よ——」

ブランド物の眼鏡をかけて、上品なスーツを着込んで、廃墟よりも一流ホテルやオフィスビル街の方が似合いそうな雨宮は、優雅な口調で喋りだした。

「たとえば、ここにキツネとウサギがいたとする——ウサギはキツネに食べられたくなくて、必死で逃げるけど、キツネの方が足も速いしスタミナもある。さあどうしよう？　どうすればいいと思う？　ウサギに助かる道はあるのかしら？　ん？」

雨宮はからむように、少女に質問を重ねた。

「…………」

少女は答えない。

「逃げられないウサギは、どうしたらいいのか――実は、これは問題の立て方から間違っている。要するに、追いかけっこが始まった時点でウサギの死は確定しているのだから、追いかけられないように、キツネが走り出す前に逃げていなければならないわけよ」

雨宮はかるく頭を左右に振る。

「つまりウサギが助かる道は、キツネが自分を追いかけようという気になる位置には入らない――それがウサギの生きる道。ね？」

これは一体、どういう状況なのか。

周囲の破壊しつくされた状況を見れば、どうやらなにか大事件が今まさに終わろうとしているところらしい。

雨宮は、そこで銃をかまえている。引き金に掛かったままの指や、動揺というものがまるでない態度からして、彼女が目の前の少女を撃ち殺すのに何のためらいも感じていないことは確かなようだ。

しかし、彼女はとりあえず撃たない。

それは〝撃った方と撃たない方と、どっちがこの場合は効果的か〟ということを考えているようでもあった。

しばらく、彼女は少女と対峙して、二言三言交わしあった。

そうしているうちに、そのスーツの胸元で振動が生じた。

携帯電話そっくりの、ただし特別な通信を受けるために作られた特殊な機械が着信を告げたのだ。

「――はい。こちら〝R〟」

雨宮は銃を少女に向けたまま、平然とその通話に出た。

「はい。既に完了しています。事後処理が多少残っていますが――はい？」

彼女の眉がやや寄る。通話の内容が意外なものだったらしい。

「ピート・ビートが――ですか？　こちらの方は？　――はい。了解。直ちに」

彼女は携帯をしまった。

少女の方は訝しげな顔をしている。

どうして、この女は自分たちを殺さないのか――そう思っている顔つきである。

その顔に、急に驚愕が浮かんだ。

雨宮の手の中から、いつのまにか拳銃が消えていた。いつの間に納めたのか、まったく見えなかったのである。

——数分後、雨宮は車に乗って道路を疾走していた。その車はパトカーだった。事件のため集まっていた警官から無断で拝借した物である。

「ピート・ビートか」

ハンドルを切りながら、彼女はひとり呟いた。

「彼は、確かあのモ・マーダーの直接の弟子だったわね——ならば」

眼鏡の奥で、彼女の眼に静かな炎がともる。

「手抜きはできないわね。久しぶりに全開でやってしまいますか、ね——」

雨宮世津子——主として単独任務の特殊工作を担当している。その名は〝最強〟フォルテッシモと並んで、システム内に恐怖と畏敬《いけい》をもって知られている。コードネームは、彼女の行動が周囲に与えるものを、そのままに表現して、簡潔にして明瞭——いわく、

〝取り消し《リセット》〟

それはあまりにも身も蓋《ふた》もなく、あっけらかんとした即物的な破壊と消滅の襲来を意味しているのだった。

＊

……どこかで、そういうものがあるということを知っていたような気がする。

それを越えると、もう二度と元の場所には戻れない〝線〟というものがあるのだと。

（私は――）

浅倉朝子は、それまで自分のことを、それほど特別な存在とは思っていなかった。確かにちょっと変わった感覚が自分には備わっているようだが、それも大抵の人には一つくらいはある個性というか、特徴というか、その程度のものであって基本的には平凡な人間だと思ってきた。

だが――今、

（私はもう、二度と普通の生活には戻ることはないんだわ）

彼女はそう確信していた。

目の前の少年、彼女は世良稔と呼んでいるこの血まみれの少年が、彼女の手を握りしめて、ぶつぶつと訳のわからないことを呟いている状況で、彼女の眼には、その彼の背後から伸びる紫色の影が見える。

その影は、この少年の心の中にある〝迷い〟が形になったものだ。彼女の才能〈モーニング・グローリー〉が見せている、それは他の人間にも、その影の持ち主にさえ聞こえない声で、彼女にこんなことを言っていた。

〝誰の鼓動にも、その調整を失って、一瞬の閃光のために安らぎのすべてを放棄するための鍵がある〟

意味はよくわからなかったが、それを聞いたときに彼女の脳裡には不思議な言葉が浮かんでいた。

崩壊のビート。

それがどういう意味なのか、彼女にはわからないが、しかしはっきりしていることが一つだけあった。

それを前にしては、何者のどんな努力をもってしても、もはや平穏な人生に戻ることが許されない、ということを。

＊

（——勝った！）

人気のない、夜の学校の階段を駆け昇りながら、ラウンダバウトは勝利を確信していた。

ピート・ビートはもはや戦闘不能だ。それは間違いない。あるいは奴のことだ、我が身の鼓動を調整してある程度は回復できるかも知れないが、それにもそれなりの時間が掛かるはずだ。そんな余裕を与えるつもりは毛頭ない。

今すぐに、容赦なく仕留める――

（ビートよ、貴様に受けた借りは、これできっちりと返してやる！）

彼女の顔には凄絶な笑みが浮かんでいる。報復の美酒に酔う妖《あや》しげな光に眼がギラついていた。

隠れていた場所から、浅倉朝子を使ってビートに罠を掛けた教室まで三十秒とかからずにラウンダバウトは到達した。

爆圧でドアが吹き飛んで廊下に転がっている。それを踏みつけて、彼女は、

「――ピート・ビート！」

と高らかに敵の名を呼んだ。

その敵は、ぶざまに床の上に血だらけで転がっていた。

「…………」

澱《よど》んだ眼で、こっちの方を見ている。その横では、浅倉朝子がうなだれてぶ、る、ぶ、る、と身体を震わせている。

影が落ちてその表情は見えないが、見る必要もない。その気配から伝わってくるのは、恐怖

と動揺だけだ。

朝子を無視して、ラウンダバウトはずい、と破壊されきった教室の中に足を踏み入れた。

「ふふ、ふ――」

口元から、笑いがどうしようもなく洩れだしてくる。

「ふふふふ……！」

ラウンダバウトは朝子をどん、と乱暴に突き飛ばすと、ビートの襟首《えりくび》を摑んで持ち上げた。

「どうした、ビート……！」

ずい、と傷ついたビートに顔を近づける。

「僕ができることは、そっちもできるんじゃなかったのか？　反撃の手段はもう残っていないのか？　ん？」

「………」

ビートの身体は小刻みに痙攣している。目つきは虚ろだ。

ラウンダバウトはニヤリとして、

「安心しろ。僕には敵をいたぶる趣味はない。すぐにとどめを刺してやる」

と言い放った。そして手刀をビートの眉間《みけん》に向ける。そのまま突き出せば、それは相手の意識を奪って暗黒に突き落とす急所への一撃となる。

そのときビートの口が震えて、

「……ったから、後は……」

と呟いた。

む、とラウンダバウトの眉が寄った。

「何だって？　今なんて言った？」

すると、ビートの口元が変形した。その端がきゅうっ、と吊り上がって――笑った。

「――〝もう終わったから、後は自由にしろ〟……って言ったんだよ」

その身体は相変わらず痙攣している。その脚はがくがくと揺れっぱなしだ。

「自由？　なんのことだ？　僕に好きにしろと言うのか？」

訝しむラウンダバウトに、ビートはくっくっくっと笑った。

「おまえに言ったんじゃねえよ、ばぁか――」

「なんだと？」

ラウンダバウトはビートが錯乱しているのかと思った。自分に言っていないのなら、誰に向かって言ったというのだ。ここには自分とビートしか――

と、そこまで思ったとき、ラウンダバウトは一つの見落としに気づいた。

ビートは痙攣している。その足の爪先は、床の上で何度もバウンドしている。さっきからずっと、それは一定のリズムを刻んでいて――

そして、この場にいるのはビートと自分だけではない！

（ま、まさかこいつ——ずっと?!）

ラウンダバウトは慌《あわ》てて後ろを振り向いた。さっき自分で突き飛ばしたはずの浅倉朝子の姿を探した。

だが、その姿はどこにもいない——ように感じた次の瞬間、ラウンダバウトは腹部にものすごい衝撃を喰らって吹っ飛ばされていた。

「——ぶっ?!」

ちら、とだけ目に入った——華奢《きゃしゃ》な、紛れもない少女のシルエット。——だが。

（な、なんだこの……スピードは?!）

人間以上である自分の感覚さえ超えて、彼女は動いている。これは一体どういう……と考えている余裕はなかった。

起き上がったところを背中から激しい衝撃を受けて、ラウンダバウトはまた弾け飛んだ。

「——がっ！」

頭から、教室の壁に激突した。背骨にショックが伝達し、全身が痺れた。

（うう……あれは）

上下が逆になった視界の向こうに、異状な者が立っている。

見た目は浅倉朝子だ。だが、その顔にはなんの表情もない。自分の意識はない。まるで機械のような——これはどう見ても、

（ビートが……操っているのか？　だがそれにしても——）

こんな戦闘力が、あの娘のどこから出てくるというのだ⁈

（ビートが操れるのは相手の鼓動に過ぎない。力を与えることなどできないはずだ……！）

浅倉朝子の姿がまた、ふっ、と消え失せる。

衝撃がラウンダバウトを襲う。

「——ぐえっ……！」

意識が飛んでしまわないように耐えるだけで精一杯で、身体の方はまともな受け身も取れずにごろごろと転がる。

「な、なんで……こんな」

愕然とするしかないラウンダバウトの耳に、ビートの囁く声が聞こえた。

「——俺はこいつを〝超加速の鼓動《モルト・ヴィヴァーチェ》〟と呼んでいる……」

……なに？

「俺が、自分自身の身体にだけ使える、最後のとっておきだ。他人に対してはとてもできないって無茶苦茶な鼓動も、自分に対してだけは可能——それが人間の肉体限界ギリギリの、とてつもない戦闘力をわずかな間だけ与える」

……なにを言っているんだ、こいつは？

ラウンダバウトにはまったく理解できない。

また衝撃が来た。

（そう——〝自分の鼓動にだけ〟だ）

ビートにもずっと不思議だった——どうして浅倉朝子の鼓動がうまく感知できないのか、と。その答えが、まさかこんなことがあろうかというものだったとは。

ビートと浅倉朝子は、鼓動の性質がほとんど同じなのだ。

性別も体格も違うのに、基本的な鼓動のリズムだけは限りなく一致しているのである。ビートは常に、自分自身の鼓動を感知しているし、せざるを得ない。これは当然だ。だがそのために、朝子の鼓動はちょうどその下に隠されてしまい、非常にぼやけたものとして受け取ってしまっていたのである。

ビートは何千人という鼓動を分析してきたが、こんなことは過去に一度もなかった。誰かと誰かの鼓動が同じという事例はこれが初めてだ。おそらくは数千万分の一という偶然——だがこの偶然が、土壇場のギリギリでこの逆転を可能にした。

ビートが、己以外の他の誰にもさせられないはずの〝超加速の鼓動《モルト・ヴィヴァーチェ》〟を、浅倉朝子にだけは掛けることが可能だったのである。彼女には戦士としての才能などないから、その辺はただの動物的な攻撃本能だけで動いてもらうようにはした。

だがこの技は、身体中のつながりというつながりを分断しかねない崩壊の鼓動《ビート》のすれすれまで近づけるものだ。そんなものを朝子に掛けるというのは、ある意味でラウンダバウトが彼女にしたことよりも遙かにひどい仕打ちをしていることでもある。

（だから、言っただろう、ラウンダバウト——〝おまえにできることは俺にもできる〟ってな——）

ビートが自嘲的にそう考えたときに、リミットは来た。

それまで嵐のように暴れていた朝子の身体が、ぎしっ、と軋むように停止した。

ビートはすかさず、特殊なテンポのリズムを彼女に向けて発した。それは攻撃的ではないが、それと同じくらい——いや、生物にとってはより原始的な行動を誘発するものだ。すなわち、

「——ほ、ふほはっ——」

口元から呼気をひとつ吐いたかと思うと、浅倉朝子の肉体はたちまちきびすを返して教室から外に飛びだしていった。

足音が遠くなっていき、あっという間に聞こえなくなる。

……逃げた。

危険を察知したら、そこからすぐさま逃走するのはあらゆる生命に共通する本能の中でも基本中の基本だ。

破壊されて荒れ果てたその場には、傷ついたビートとラウンダバウトだけが残された。

2.

朝子は、自然とビートが辿ってきたルートを知らずして疾走している。そこにはもうラウンダバウトが仕掛けたトラップが残っていないのだ。彼女は傷ひとつ負うことなく、校舎を駆け抜け、校庭を通過して、そのまま道路に飛びだした。

（わたし――私？）

彼女には徐々に意識が戻りつつある。

（私――なにしてるのかしら……？）

周りの風景が、やけにスローモーションで流れていく。

すっかり陽の落ちた空は暗い。曇っていて、星ひとつ見えない。

時間がゆっくり流れている？

――いや違う。彼女だけが妙に速く動いていて、他の者と時間の流れがずれているような感覚だった。

自分のそれだけが他の、より安定した流れから切り離されて、時間そのものが加速されているような――

これはなんなのだろう？

自分だけがぽつん、とひとり別の世界にいて、この世界を外から眺めているような感覚だ。

崩壊のビート。

またその言葉が脳裡に浮かぶ。

そのビートを聴いた者は、この世界にはもういられないのかも知れない。この世にありながら、この世の者ではない、そういう存在になってしまうのかも知れない。

崩壊のビート。

世界というものは、いつ壊れてもおかしくない不安定なものに過ぎず、自分がいようといまいと世界が流れていくなら、世界があろうがなかろうが、自分というものは流れていくことができると気がつく——世界の敵になること。

そのときに聴こえてくる、その音を聴くこと。

崩壊のビート。

それは、星ひとつ分の明かりさえも存在しないところで、本のページをめくっていくような——そしてその本は真っ黒に塗りつぶされていて、何も書かれていないのだ。

(ああ——私は)

朝子は、しかし、彼女は自分がそこまで行き切らなかったと悟る。

ぎりぎりのところで——自分はそのビートを聴かなかった。限りなく近い、すれすれまで行ったが、そこで制御されていた。

あの少年に——ピート・ビートと呼ばれていた、あの少年はあの鼓動《ビート》が、こういうものだと知っているのだろうか？

彼も、そこまで聴いたことがあるのだろうか？

もし彼が、自分でも知らずにこの力に近づき過ぎたのなら、そのときは何が起こるのだろう——と、彼女がそこまで思ったとき、急に終わりが来た。

がくん、と全身から力が抜けて、走っていた彼女はその勢いのまま前に向かって倒れ込んでいった。

そこにひとつの大きな影が、横から飛び込んできた。

影はすかさず彼女を横抱きに抱え、そして道路を駆け抜けて、植え込みの芝生の上に朝子をそっと横たえた。

「…………」

朝子は、ぼんやりとした眼で影を、自分を救った男を見上げた。

ぼさぼさの髪をした、背の高い男の人だった。落ち着いた雰囲気があるが、顔を見ると若い。しかしその右眼は大きな傷痕に塞がれていて、いわゆる隻眼である。異相である。しかし朝子にはその人が怖いという感じはなかった。彼に敵意はないのが、彼女には本能的にわかっていた。

「大丈夫か？　浅倉朝子さん」

隻眼の男は静かな、穏やかな声で聴いてきた。

「……あ、あー……」

「俺は君のご両親に頼まれて、保護に来た者だ。君の無事を知ったらきっと安心するだろう」

「…………」

朝子は、頭がうまく回らない。

ついさっきまで――今の今まで、何かとんでもないことと出会って、我が身に感じていたはずなのに、それがなんだったのかどうしても思い出せない。

混乱しながらも、彼女はなんとか、

「……あ、あなたは一体……？」

と男に問いかけた。

これに男はかすかに、口元に自嘲的な笑みを浮かべて言った。

「侍《さむらい》になり損ねた、しがない浪人さ」

「…………」

朝子は茫然と、この奇妙な男に支えられていたが、急にはっと我に返る。

「そ、そうだ――世良君が……！」

身体を起こそうとして、がくっ、と崩れる。全身の力が抜けてしまって、うまく動けない。

「無理をするな。どうやら君は極端な疲労状態にある。フルマラソンを全力疾走した後みたいな呼吸をしているぞ」

「で、でも……世良君がまだ、学校に――」

と彼女が言いかけたところで、男は「しっ」と彼女を制した。

そして周囲に厳しい視線を巡らせる。

「――なんだ、これは……？」

男の顔にはもう穏やかさはない。そこには研《と》ぎ澄まされた戦士の鋭い表情が剝き出しになっている。

「なにかが……ここに近づいてきている――ただならぬなにかが……ふたつ」

＊

耳元で、まるで怒鳴《どな》られているかのような激しい耳鳴りが聞こえる。

「ぐ、ぐうっ……」

ラウンダバウトは全身に走る痛みをこらえて、なんとか起き上がろうとした。

がんがんと頭痛がする。吐き気もひどい。腰や下腹部に鈍痛がある。関節の節々が悲鳴を上げている。およそ〝調子が悪い〟とか〝気分が良くない〟といったあらゆる要素が彼女の身体を苛んでいた。

「ぐぐ……ぐうっ」

それでも彼女はなんとか身体を起こして、這いずってその場から去ろうともがいていた——

そこに、

がらっ、

と背後で、瓦礫《がれき》が崩れる音がした。

耳鳴りが一瞬で消えて、周囲がふいに静まり返る。

続いて、散らばっている砂利状の破片を踏みしめる音が聞こえてきた。

「…………」

ラウンダバウトは、無表情で音がした方にゆっくりと首を向ける。

そこに——立っていた。

全身を出血した自らの血で汚しながらも、眼光は鋭く、彼女を真正面から貫いている。

「——ピート…ビート」

彼女が呟くと、相手もまた一歩、彼女に近づいてくる。

「鼓動を調整して……回復したぜ、ラウンダバウト」

不敵な笑みを浮かべて、彼女を正面から見据えている。

「…………」

ラウンダバウトも、ゆっくりとした動作で身体を起こしていく。もはや彼女は痛みを感じていない。

そんなゆとりはいらない。

痛みとは〝これ以上のダメージは危険〟という身体信号に過ぎない。今の彼女にはもう、そんな信号を受けとめる必要はない。

危険も何も、目の前に迫っているのが避けようのない〝危機〟そのものなのだから。

彼女は、肉体波動の間隙《かんげき》を利用する能力を己に全開で掛けて、あらゆる痛覚もストレスも消し去ったのだ。

「…………」

相手と同様に、突き刺すような視線で睨み返す。

「……〝似たような能力〟だったよな、俺たちは――」

ビートは中腰になっている相手を見おろしながら呟いた。

「お互いに、ダメージを受けまくった限界の最後の最後で――その、どっちが優れているものなのか、その決着《ケリ》が今――ってわけか」

言いながら、ビートはまた一歩前に出る。

「…………」

ラウンダバウトは腰をやや屈《かが》めた状態で、待つ。

両者の、それぞれの拳や蹴りによる攻撃可能範囲に入るまで、ほんの数センチというところでビートの足が停まる。

「………」

「………」

数秒、そのまま動かない。

停滞した、妙に間延びした時間が流れる。

それは客観的にはほんの十数秒といったところだったろう。だが両者にとってそれは、残る人生のすべての時間かも知れず、その密度はほとんどの人間が一生かけても感じないほどの濃さと重さを伴っていた。

じりっ、とラウンダバウトの足が地面から上がらずに、すり足でわずかに動く。

ビートは動かない。

じりりっ、とラウンダバウトは姿勢を崩さずに、平行にじわりじわりと接近していく。

ビートは動かない。

ラウンダバウトの足が停まり、その姿勢がさらに、弾条《ばね》を撓《たわ》めるように低くなり、ぴくっ、とその指先が震えた。

ビートは動かない。

「…………」

「…………」

しばし睨みあっていた二人だったが、ビートの表情に変化が生じた。

口がわずかに開いて、そこから何か声が漏れそうになる。

「——や」

その瞬間、ラウンダバウトは跳ねていた。

ぎりぎりと絞られていた全身の力が爆発して、そのまま手刀がビートの胸元から首筋あたりめがけて下から突き上げられた。

狙い違わず、攻撃はビートの喉を直撃した。切っ先がめりこみ、そのまま相手の気管を突き破って——と思ったそのとき、ビートもまた跳ねていた。

相手の手刀の動きと、まったく同じ方向に。

(——なにっ?!)

ラウンダバウトは渾身《こんしん》の一撃のため、もはや拳を引くことができない。だがその指先にはほとんど手応えがなく、まるで水を突いているかのようだった。

(最初から——先にこっちに攻撃させるつもりで……!)

それに気づいたときにはもう、致命的に手遅れだった。

ビートは後ろに仰《の》け反《ぞ》りながら、同時に脚を繰り出していた。その蹴りの神速《しんそく》の爪先は、腕を振り上げきってしまってから空きになっているラウンダバウトの胴に吸い込まれるようにして、入る。

両者は互いの一撃をそれぞれ喰らって、反発する同極の磁石のように弾け飛んだ。

吹っ飛んだラウンダバウトは、己の仕掛けた爆弾で破壊された瓦礫《がれき》の山に頭から突っ込んだ。

*

痛みが、恐ろしい速さで戻ってきた。

ラウンダバウトはその痛みだけでショック死しそうになった。

だが……

「う、うう――」

口からうめき声が洩れた。

身体は耐久限界を超えてしまい、死んでいてもおかしくないのに、ぎりぎりのところで何故か――つなぎとめられていた。

「ううう、うう……?!」

がくがくと震える首を傾け、その方向を見る。

ビートは、もう立ち上がっていた。

全身は彼女に負けず劣らずボロボロだが、自分の脚で、しっかりと立っている。

「やっぱり――まっすぐ突っ込んで来たな」

喉には、ラウンダバウトの手刀がつけた傷痕が生々しい。血がだらだらと流れていた。しかし気管まではギリギリで破れていない。

「ぐ、ぐぐ……？」

対して、ラウンダバウトの方はほとんど攻撃によるダメージはない。蹴りが入ったといっても、それは体勢が思いっきり崩れた後のもので、まるで腰が入っていなかった。ただ押しただけに等しい。

それでも、全力を振り絞ってしまった後のラウンダバウトはもう立てないのだ。

「なんとなく、そーじゃねーかって思っていた……おまえが回りくどいやり方でばかり攻撃するのは、実際に敵を目の前にしてやり合うと、なんつーか、頭に血が上るんじゃねーか、と感じていたが……やっぱりその通りだったな。だからおまえは、間接的で回りくどい戦い方ばかりしていたんだ」

ビートは喉の負傷にかまわず、倒れて動けないラウンダバウトの方に近寄ってきた。

「わかっていると思うが――おまえの胸に入れた蹴りで、おまえの鼓動を刺激した。まあ、心臓マッサージみたいなもんだな」

「………！」

「おまえは全開で戦って、俺と相討ちでもする気だったんだろうが——あいにく、俺はフォルテッシモなんかとは違って戦いにロマンを感じたりはしないんでね。無闇に相手に死なれるのは夢見が悪い」

さっき言っていた〝どっちが優れているか決着〟云々はどうやら演技だったらしい。

「ぐ……」

ラウンダバウトの全身は電撃を受けたように痺れてしまって、動けない。

完全に——彼女の負けだった。

「さてと——おまえには色々と説明してもらわなきゃならんことがあるな。おまえはどう見ても、誰かに仕えているクチだ。誰の命令で動いているんだ?」

「………」

ラウンダバウトは答えない。

「あー、やっぱりな……拷問《ごうもん》にも屈しませんってか? さて、どうするか」

ビートがやれやれと肩をすくめた、そのときであった。

破片が散らばる教室の床の上で、なにかが音を立てた。

ぶーん……

と虫の羽音のような振動音だった。ビートがそっちの方を見ると、そこに携帯電話が落ちていて、着信を告げているところだった。ビートはこんな物は持っていなかったし、デザインが地味すぎて浅倉朝子の持ち物とも思えない。ということは――ラウンダバウトが落とした物に違いない。

ラウンダバウトの顔色に焦りが浮かんだ。しまったという表情になった。

ビートは携帯に手を伸ばそうとした。だがその前にその機械の方がひとりでに作動した。

ぷつっ、という音と共に、送信側から回線を無理矢理開いて、通話ボタンを押してもいないのに喋りだしたのだ。

『――ラウンダバウト、聞こえる？　そっちが通話に出る気がなくても、どうしても知らせなくてはならないことが起きているのよ』

声は少女のものだ。ビートにもどこかで聞いたことがあるような気がする声だった。

『いい？　よく聞きなさい――ピート・ビートにはついさっき、統和機構《アクシズ》から正式に抹殺《まっさつ》命令が下されたわ。誰かが、あいつがカーメンに近づいているということを中枢に密告したらしいのよ。今すぐに彼の側から離れなさい』

声は、淡々と事実だけを告げている。そこには虚仮威し的な強調は皆無だ。

『もしかすると、あなたは通話に出られない状況にあるのかも知れない。もしこの携帯の向こう側にいるのが、ラウンダバウトを倒したビートだとしたら……ひとつ忠告するわ。既に今、その秋荻学園へと〝リセット〟が向かっている――なにもかもをなかったことにするために』

その名前を聞いて、ビートも、ラウンダバウトも驚愕のあまりに顔が強張った。

（な……なんだって？）

その名前は統和機構に関わる者で知らぬ者はいない。それはあらゆるマイナス要素を排除する始末屋のコードネームにして、すべてが意味のないことに変わってしまうことの代名詞でもある。

取り消し《リセット》――

それがどういうことなのか、それを知ったときにはもう、その者がそれまでやってきたことはすべて灰燼《はいじん》に帰してしまうのである。

『奴の能力〈モービイ・ディック〉に巻き込まれる前に、逃げ出して姿をくらますことを奨《すす》めるわ。もっとも――その余裕があれば、の話だけどね』

そこまで言ったところで、通信は切れた。携帯は沈黙し、周囲には氷の如き恐るべき静寂が落ちた。

3.

正式な、抹殺命令――。

今の声は、確かにそう告げていた。

「…………」

ビートが沈黙していると、倒れているラウンダバウトが「ふう」と息をひとつ吐いた。

「——結局、そういうことになったか」

ビートは彼女の方を見た。

「なんだと？」

「——僕は、やはりここまでということだな。あのリセットが相手では、僕に生き延びる道はない——」

囁くようにいうと、彼女は眼を閉じた。

「……今の声は誰だ？」

「知ったところで、手遅れだろう」

「抹殺命令って——どういうことだ？」

ビートは、ラウンダバウトがもう完全に脱力してしまっているのを見て、妙な苛立ちに駆られた。

「さあね——」

ラウンダバウトはかすかに微笑んでさえいる。

ビートはカッときた。

「……さっきまでの勢いはどうした?! なに笑ってやがる！」

怒鳴られてもラウンダバウトは平静なままだ。

「……悪くない、と思ってね」

「……なんだと？」

「おまえの前で、こうして死んでいくのも悪くない……僕は負けた。それは認めよう。おまえに、だけじゃなく、おそらく人生のすべてで負けた……おまえに負けて、それがはっきりしたよ。やっと……すっきりした」

彼女は言葉通りに、とても清々しい表情になっていた。身体中に激痛を感じているはずなのに、それさえも心地よいとでもいうような、そういう顔をしていた。

「てめえ――」

対して、ビートはひどく不機嫌になっていた。頬がぴくぴくと怒りで震えている。

「さあ――早くこの場から去れ。リセットが来たら、もはや逃げることはできないぞ」

ラウンダバウトは穏やかな口調で言った。

「とどめを――刺すがいい。このまま放っておいたら、おまえのことをリセットに喋るかも知れないだろう？」

「…………」

ビートは怒りに燃える眼でラウンダバウトを睨みつけた。

何が自分を腹立たしい気持ちにしているのかよくわからないが、彼はほんとうに怒り狂っていた。

そこに、遠くから獣が唸《うな》るような低く響く音が聞こえてきた。

はっ、となってビートは窓の方に眼を向ける。

学校の前に、一台の車がやってきていた。そのエンジン音が響いてきたのである。車は校門の所で停まった。

「……！」

ビートも、それが単なる学校関係者であるとか、先ほどの戦闘で鳴っているはずの警報を受けた警備会社の人間かも——という甘い期待をするほど愚かではない。

「ぐ——」

彼は視線を横たわるラウンダバウトの方に戻す。

彼女はすっかり観念しているようで、もう音にも反応さえしない。

「ぐぐぐ……！」

ビートは歯軋りした。

車のドアが開いて、そこから出てきた者の姿が道路沿いの街灯の中に浮かび上がる。

雨宮世津子だった。

＊

「さて――」

雨宮は夜空にそびえ立つ校舎のシルエットを見上げて、かすかにうなずいた。一部に破壊の跡があるのをすぐに確認したのだ。

「なにか戦《や》ってたみたいね――また、無駄足だったかしら」

彼女は誰にも聞こえない程の小声でひとり呟いている。ひとりごとは彼女が仕事をするときの癖だ。

彼女は閉まっている校門を前に、上着のポケットから小型拳銃を取り出した。

鍵の部分に銃口を向けて、引き金を引く。

銃弾が発射され、鍵に命中したが――奇妙なことに、鍵はほとんど破壊されず、銃弾はすぐ下の地面にころりと落ちた。

しかし、ロックはかちりと解けてしまった。その機構を外させるのに必要なだけの、ぴったりの衝撃が加えられた――とでもいうかのように。

雨宮は銃弾を拾い上げると、そのまま校門を開いて校内に足を踏み入れた。

その足取りは極めて普通で、いわゆるプロの歩調とか隙のない動作とかいわれるような特殊な様子は何もない。

「……ふむ」

彼女は鼻を小さくひくつかせた。

「火薬の臭いがするわね——それと」

風に乗って、鉄分のひりついた臭いが流れてきていた。

血の臭いだ。

「やれやれ——本格的に出遅れたかな」

彼女はその感覚を追って、校舎の横を通り過ぎて裏手の運動場の方に進んだ。

運動場の遠いところに、なにか塊《かたまり》が転がっていた。

雨宮はそこまで歩いていく。特に警戒する様子は見せずに、やはり普通の足取りである。

転がっていたのは人間の肉体だった。男の格好をしているが、女だということは雨宮にはすぐにわかった。両眼を見開いたままぴくりとも動かず、気配も何も発していない。

ラウンダバウトであったが、雨宮はその名を知らない。ただ——

「少なくとも、ピート・ビートくんではないわね」

そして彼の方は、この女に勝利したらしい。

「——」

雨宮はその死体を見おろした。

息をしていないし、喉の所に触れても脈がない。しかしまだ体熱が残っている。勝負がついたのはついさっきだ。

「近くにいるな……」

雨宮は死体から目を離して、周囲を見回した。

左後方から、かすかな足音がしたと感じた瞬間、雨宮はもう振り返って、三発の銃弾を発射している。

ざっ、と少し離れた植え込みからひとつの人影が飛びだした。

ピート・ビートだ。

雨宮はさらに狙いをつけて、二連射する。だがビートは射撃に臆《おく》することなくそのまま走っていく。

校舎の方に。

外に向かうのではなく、あえてラウンダバウトがトラップを無数に仕掛けたままの校内に敵を導こうというのだ。

両者の距離は、直線にして七十メートル強あった。小型拳銃の有効射程距離は、訓練した者でもせいぜい三十メートル——凄腕《すごうで》の名手でも六十メートル程度、それも停止している標的に限っての話だ。拳銃の構造からそれ以上の命中精度ははじめから存在しないのである。プロなら距離をとるときはライフルを使う。

走っている最中の、しかも遠ざかっていくビートには、この距離ではまず当たらない。そう判断しての行動だろう。

「…………」

雨宮はその場で、空になった拳銃に弾丸を再装填《そうてん》する。

そして、そのまま銃口を走り去っていくビートの背中に向ける。

(この距離なら当たらない、恐れることはない——と、そう思っているんでしょう、ピート・ビートくん？)

彼女の口元に、かすかにニヤリと笑いが浮かんだ。

「違うんだな、これが——」

ひとりごとを呟くと同時に、彼女は引き金を引いた。

弾丸はいいところに飛んでいったが、やはりビートには命中せず、少し離れたところを、ぴゅん、と通り過ぎていった。

だが、たとえ標的に命中しなくとも、弾丸というものは発射されたら必ずどこかに命中する。流れ弾というやつだ。ビートを外した弾丸はそのまま彼が向かっている先に着弾した。すなわち校舎壁面に。その途端——

爆発した。

校舎の三分の一以上もの部分が一撃で粉砕され、湧き起こった衝撃波が破片を四方八方に吹き飛ばしていた。

爆圧は、ビートの身体をも吹っ飛ばす。

（——な?!）

ビートには何が起こったのか理解できなかった。バズーカ砲でも撃ってきたのかと一瞬思った。

（だ、だが——奴はそんなもの、絶対に持ってなかったぞ?!）

確かに、拳銃しか手にしていなかったはずだ。

地面をごろごろと転がったビートは、慌《あわ》てて視線を離れたところに立っている雨宮の方に向ける。

やはり、彼女は拳銃をかまえているだけだ。

すうっ、とその銃口がまたこっちの方を向いて……

「……！」

咄嗟《とっさ》に飛びすさって、逃げる。

その直後、彼がいたところにまた弾丸が着弾し、そしてやはり大爆発を起こした。

（た、ただの銃弾のはずなのに——まるで艦砲《かんぽう》射撃みてえに——まさか、これが奴の——）

ビートは衝撃で脳震盪《しんとう》を起こしかけながら、おぼろげに事態を悟る。

「そう——これが私の能力〝モービィ・ディック〟よ」

雨宮世津子——統和機構の始末屋リセットは静かにひとりごとを言う。

どういう原理になっているのか、彼女自身にもわからないのだが——彼女の手から発射されるものは、その威力を彼女の意志でコントロールすることができるのだ。強くもできるし弱くもできる。完璧に自由自在なのだ。統和機構では彼女の手のひらから感知できぬある種の特殊な超振動が発せられていて、それが何らかの物体波動に干渉している結果ではないか、などと分析しているが、彼女自身はこの能力のことを深く考えない。あるんだからそういうものだ、としか思っていない。

拳銃に限らず、例えば野球のボールを投げても、パチンコを打っても同様の効果があるのだが、彼女は拳銃を気に入っているので、この武器を使っている。見かけは小型拳銃だが、彼女の手から発射されるそれは、その気になれば巡航ミサイル以上の威力を発揮することも可能だ。もっとも、自分も爆発に巻き込まれるからフルパワーでは決して使わないのだが。

しかしその威力はまさに〝白鯨《モービイ・ディック》〟の名にふさわしく、単純な破壊力の規模では統和機構でも最大を誇り、並ぶ者はいない。

跡形もなく粉砕するのに、これほどそのまんまな能力は他にはない。

「そう、別に有効射程内で命中させる必要はない——」

彼女はぶざまにもんどり打って、なおも逃れようとするビートに向けてまた一発を放った。

「——爆発で、周りごと吹っ飛ばしてしまえば、結局は同じことなのよ。わかる？　ビートくん——」

再び弾丸は校舎に命中し、秋荻高校はまるで爆撃を喰らったかのように破壊されていった。

4・

「う、うう……」

意識を取り戻してラウンダバウトがまず感じたのは、違和感だった。

(な、なんで僕は……生きている?)

彼女は、自分がいつのまにか外で横たわっていたことにも気がついた。教室の中で倒されたはずなのに、どうして……?

全身にはまだ痛みが残っていたが、なんとか身体が動くようになっていた。彼女は身を起こし、そして視線を巡らせて、絶句した。

「……な、なんだ……?!」

秋荻高校が、消滅していた。

建物があったところにはただ、瓦礫が散らばっているだけだった。自分の身体にも、細かい破片が降りかかっていることにも気がついた。

火災の跡はなく、ただ壊されていた。まるで巨大怪獣が上でじだんだを踏んだ跡のようにも見えた。どうすればこんな破壊ができるのか、彼女には理解不能だった。

「どうなっているんだ――これは……？」

周囲にはもう、他の者の気配はなくなっていた。何がここで起きていたにせよ、それはもう別の所に移動してしまっているのは確かなようだった。

「…………」

彼女は自分の胸元に目を落とす。

そこに、なにか熱っぽい感じが残っていた。さっき、ビートに蹴りを入れられた場所だ。

「まさか……あいつは」

あいつはこのとんでもない破壊に彼女を巻き込まないように、わざわざ校舎の外に気絶していた彼女を運び出したのか？

自分はどうやら仮死状態にされていたために、ここを襲撃してきた何者かに見逃されたらしい――一時的に脈拍を感じ取れぬ程に弱めることは、鼓動を制御するものにはたやすいことだろう。

「何故だ――なぜ？」

彼女には訳がわからなかった。

サイレンの音が接近してきて、周囲はにわかに騒がしくなっていく。

「――どうして……？」

混乱しつつも、彼女は痛む身体を立ち上がらせた。

すべてが理解不能のままだったが、それでもここに警察やらなにやらが押し掛けてくる前に移動し身を隠さなくてはならない。

ただ——ひとつだけわかっていることがあった。

ピート・ビートは、立場的にも、心情的にも、もはや彼女の敵ではなくなっていた。

……警察や消防が現場に到着したときには既になにもできることがなかった。そこにあった物はすべて根こそぎに破壊されており、あらゆる証拠類は残されていなかった。原因不明、人為的なものなのか自然発生的なものなのかも特定できず、事故なのか事件なのかさえ決めることができなかった。

私立秋荻高校はこうして消滅し、生徒たちはそれぞれ他の学校に編入したり、三年生は仮の卒業証書だけもらって後は予備校に通うことにしたりしてしのいだ。教職員たちは大半が失職し、今後の先行きに不安を抱えて生きていくことになった。

……だが、これらのことは後になってからの話である。事態そのものが進行していたとき、その当事者はその後のことなど考える余裕はなかったし、そもそも——学校が消滅したことなど、事態の途上のひとつの出来事に過ぎなかった。

真の脅威は、その後にこそ起こっていたのである。それは——

＊

（――はっきりしていることが二つある）

と、ビートは思った。

ひとつは、あの〝リセット〟はまぎれもなく本人で、統和機構からの刺客《しかく》に他ならないということだ。ビートを混乱させるためにラウンダバウトの一味が化けているのではない。能力があまりにも〝ほんもの〟でありすぎる。

そしてもうひとつは――

（統和機構は、本気だ）

本気で、ビートを殺してしまうつもりだ。ということは――ビートはもはや統和機構に所属する存在ではなくなっているということになる。

この世に存在して以来、彼はずっと統和機構のしもべ、、、だった。それ以外の生き方など知らないし、考えたこともなかった。

だが今、それはすべて崩れ去ったのだ。

自分が生きてきた理由も、過去も、あらゆることが無意味なものに変わってしまった。

これから――どうするんだ？

（これから——？）

しかし、今の彼はとにかく、これからのことよりも今の一瞬を切り抜けなければ考えることも悩むこともできない。

彼は、バイクに乗って道路を疾走している。

学校の近くに停めてあったものを盗んだのだ。だがビートの身体はまださっきの戦いのダメージが大きく、ハンドルを握る手がぶるぶると震えていて、いつ転倒してもおかしくないような状態だった。エンジン駆動の振動で、せっかく鼓動を調整して停めたばかりの出血が再発する危険もある。しかし、もちろんスピードを落とすなどということはできない。なぜならそんなことをすれば、たちまち——後ろからぴったりとくっついてくるものに追いつかれてしまうだろう。

（——く、くそっ！）

リセットが車で、こっちは余裕の表情でビートを追跡していた。

「ふふん——」

楽しそうに微笑んでいて、かすかに鼻歌まで歌っている。

彼女には最初から、学校でビートを殺すつもりはなかった。ビートが何故、統和機構に抹殺されなくてはならないのか、そんなことは彼女は知らないし興味もないが、ビートに何らかのバックがあって、逃げ込む先があるならばそれも突きとめておいて損はない。

しかし、とりあえず襲ってみて、おそらくそんなものはないのだろうとは思ってもいる。あいつはひとりきりだ。

理由はないのだが、なんとなくそんな感覚があるのだ。動きや逃げ方に、いかなる幸運も誰の助けも期待していないような、そういう感触がある。

そして、それは彼女も同じなのだ。だからわかるのかも知れない。

（しかし——となると、どこに向かっているのか、自分でもわからないわよね——）

追跡しながら、彼女は既に〝操作〟を開始している。

後ろから追い上げながら、微妙に、相手との相対位置を調整することで、向こう側の進路を決定している。例えば彼女が車を道のやや右側に寄せていくと、ビートは本能的に少しでも離れようとして左に寄って、十字路でそっちの方向に曲がってしまう、といったようなことを。

これはビートに明確な進路があったら不可能なことだが、動揺している彼は見事にそれらに引っかかっていく。

そのことにビートが気づいたのは、充分すぎるほどの時間が経過してしまった後だった。

（——こ、ここは！）

と彼が思ったときには、周りの風景はすっかり森に囲まれていて、街灯さえもまばらな人気のない山の中に変わってしまっていた。

（い、いかん——誘導されていたのか！　まずい、まずいぞ、こういうところでは——）

町中の道路と違って、人目に付く心配をする必要がなくなってしまった——ということは、

（——はっ！）

いつのまにか、バックミラーから追跡してくる車のヘッドライトが消えている。

道の端に停車して、ドアが開いていて——外に、拳銃をかまえて立っていた。

にいっ、と笑っているのが、遠くのミラー越しにもはっきりと見えて……

衝撃が横から突き上げてきた。

ビートの乗ったバイクは爆圧に呑《の》まれて横転した。そのとき彼の脳裡によぎっていたのは、

〝逆らおうとするな〟

という言葉だった。モ・マーダーに教えてもらった、高速で移動するものから振り落とされたときの、注意——投げ出されたら、その勢いに逆らおうとするな、と彼は言っていた。

〝下手に踏ん張ろうとか、停まりたいとか考えるな。力を抜いてしまえ〟

力を込めると、そこに衝撃が集中してしまう。だからダメージを少しでも少なくする方法は、要するに全体にまんべんなく地面とぶつかることしかない——

ビートは反射的に、その教えを守っていた。身に叩き込まれた厳しい訓練《ディシプリン》が自動的に機能していた。投げ出された彼はバイクとは少しずれた方向に転がっていき、そしてその後方でバイクがガソリンに引火して爆発したときには、もう身体を起こして走り出しているところだった。

背後から、リセットの足音が追ってくる。もう車に乗り直したりはしないようだ。

「——たとえば、よ」

彼女の声が、夜の闇の向こう側から聞こえてくる。

「たとえば誰かが優秀な脚を持っていて、百メートルを十秒台で走れるとする——となると、彼は二百メートルを二十秒で走れるかしら？」

ビートは必死で走る。鼓動を調整している余裕もほとんどないほどに、息が荒れてしまっているが、それでも走る。肺から血がほとばしりそうな痛みを感じながら走る。

だが——どこに？

リセットの、やたらに広い有効攻撃範囲外までか？

だがそこまで辿り着けたとして、その後はどうするんだ？

「三百メートルなら三十秒？　フルマラソンだったら、四千二百十九・五秒——一時間ちょいで走れることになるかしら？」

リセットは特に足早になるでもなく、走っていくビートの後ろをただ歩いている。差は開くばかりだが、彼女はまるで気にも留めずに話を続けるだけだ。

「……そんなことはない。駆けっこの目的は少しでも速く走ることだけど、距離が伸びれば伸びるだけ、どんどんスピードそのものは遅くしていかざるを得なくなる——あるところでの達成は〝そこ〟までしかなく、それ以上を望むなら、それまでやっていたことを抑えなくてはならない。そうでないとその先には行けない——何でこんな話をしているかって？」

リセットは離れていくビートの方に向かって、無造作に〝モービィ・ディック〟のパワーを込めた拳銃を撃った。

地面がめくれあがる爆発が起きた。

ビートの身体が爆風にあおられて、吹っ飛んでいく。

リセットの足取りはまるで変わらず、前進し続けている。

「さあね、理由なんかないのかも。ただ、私はいつも、私が殺す相手にあることをわかってもらいたい、と思っている――それは〝悔しさと絶望なら、最期にどっちを選んだ方がいいか〟ということよ」

倒れたビートに、リセットは近づいていく。

「ぐ、ぐぐ――」

ビートはまた立ち上がろうとするが、身体がガクガクしてしまっていて、うまく動かない。

「百メートルを十秒で走れたとして、その速さで三百メートルを走ることは、最初から無理な相談なのよ。それを納得することは、これは絶望かも知れない。でも――真理だわ」

「ぐぐぐ――」

ビートの耳に、どんどんリセットの足音が大きくなっていくのが聞こえる。

「真理を前に、悔しがっても仕方がない――そう、どんなに立派な、あるいはどんなに惨《みじ》めで虚しい人生を送ろうと、私たちは皆、いずれは死ぬ。あなたは私に殺される。これを――納得してもらいたい」

声は、もう耳元で囁かれているのではないかと思うほどに近い。

「ぐぐぐ……！」

ビートは身体を無理矢理に地面から引き剝がした。もう、脚にはまともに走れる力は残っていない。百メートルを十秒どころか、二十秒で進めるかどうかも怪しいほどだ。

その背に、変わらず彼女の声が響く。

「私を恨んでもいいし、統和機構を呪ってもいい――でも、悔しいと思って欲しくないのよ」

ビートの身体のあちこちから血が滲んでいる。戦いで付いた傷、今の爆発で受けた傷、そして過去の仕事で付いた古傷などが、一斉に開いたかのように、彼は血まみれである。

それでも彼はよたよたと走る。

山に挟まれた道の左右が自分にのしかかってくるような感じの中をただふらふらと前進して、そして――目の前が急に開ける。

（――橋、だ）

渓谷に鉄橋がかけられていて、その周りには何もない空間が広がっていた。

遙か下では、どうやら河が流れているらしく、水の音が聞こえてくる。

「………」

一瞬、茫然となってしまったが、すぐに我に返って橋を渡り始める。

歩道も両脇に設置されているが、ビートはかまわず中央の車道をそのまま突き進む。他の通行者は皆無だ。

だが——その中央付近にまで来たところで、異変は起こった。

（——ん？）

ビートからつかず離れずの距離で追跡していたリセットの眉がひそめられた。

（なんだ……？）

彼女の前に架かっている鉄橋が今、ゆらり、と蜃気楼《しんきろう》のように音もなく揺れたように見えたのだ。

地震——ではあり得ない。彼女が立っている所はぴくりとも動いていない。強風——鋼鉄の橋を揺らすようなものすごい風は吹いていない。しかし、静まり返った周囲とは無関係に、鉄橋だけが確かに、ぶるるっ、と身震いして……そして崩れ落ちる。

「——なにっ?!」

彼女の目の前で、巨大な鉄橋がいきなり無数の破片と化して崩壊した。

突然。

前兆もなく。

唐突に。

いくつもの補強と力学的作用で頑強に構成されていた建造物は、そのつながりを一瞬にして喪失してしまって、自らの重みで地の底へと落ちていく。

「――っ！」

リセットはやっとここで走り出した。しかし彼女はばっくりと裂けている橋の切れ目までしか進むことはできなかった。

その下には闇に閉ざされた空間が広がっているだけだった。

崩れ落ちた橋の上に、しかも中央付近にいたビートは――彼女の位置からはもう、どこに行ったか確認することはできなかった。

「……いや、どこに落ちたか、よね」

この高さ――とても助かるとは思えない。

しかしこの橋の破壊は、いったい――と彼女はその断面を観察した。

切断された部分はまるで鏡のように、滑らかできらきら光っていた。彼女の顔が写り込むほどだった。

「これは――」

こんな破壊を可能とする能力の持ち主は、彼女の知る限りではこの世に一人しかいない。

「どういうつもりかしら、あいつ――」

まさか、奴はビートを助けるつもりだったのか？　いや、それはあり得ない。何故なら……

「統和機構にビートのことを密告してきたのは、あいつ自身なんだから――」

5.

何が起こったのか、まるでわからなかった。
だがビートはまた反射的に動くしかない。突然なくなってしまった足場の上で足掻くことは咄嗟《とっさ》に捨てて、目の前にやって来る物だけに注意を集中して、ぷらり、と補強ワイヤーが垂れてきたのを必死で摑んで――

――がくん、

と肩が抜けそうになるほどの衝撃を歯を喰いしばってこらえながら、ビートは慣性の法則に従って振り子のように空中を移動する。
脚を、
むこうに向けないと。でも踵《かかと》を直接付けてはいけない。爪先で、衝撃を吸収しないと関節がイカれて――
ビートは橋のワイヤーがつながっていた向かい側の壁面に叩きつけられた。脚を向けるのは間に合わなかった。胸が圧迫され、一瞬肺の中の空気が全部外に絞り出されてしまう。

「――がっ……！」

ずるるっ、とワイヤーを掴んでいた手から力が抜ける。

停まらない。

そのままビートは下に滑り落ちていった。

（……こ、今度こそ、足を――！）

ビートは必死で爪先を壁面に突き立てようとする。がつっ、と何かが引っかかる感触がして、ビートはやっと停まった。

上の方からなにか落ちてきた。それはさっきまで掴まっていたワイヤーだった。もう切れてしまっていて、ビートのすぐ脇を落下していった。

水の音が遙か下から聞こえてきた。

「………………」

ビートは壁面にしがみつきながら、とにかく鼓動を調整しなければ、と落ち着こうとしていた。

そのとき、すぐ上の方から、じゃりっ、と砂利を踏む音がした。

目を向ける。

ビートの位置から三メートルほど上に、ちょっと出っ張った足場があって、そこに一人の男が立っていた。

身体にフィットした、細いシルエットの服を着ていて、そういう格好が似合う精悍《せいかん》なイメージのある男だった。少年のような顔つきをしているが、しかしその表情には幼さなど欠片《かけら》もない。刃物のように鋭い眼光を放っていた。

「…………」

ビートは、茫然としてその男を見上げるしかない。

フォルテッシシモ――

事態の最初からいて、そして自分はこれまでそれに関わろうとはしていなかった彼が、とうとうビートの目の前に再び、その姿を見せたのだ。

「ふん――」

彼はかすかに鼻を鳴らして、頭を軽く振ってから話し出す。

「よお、ビート――実はおまえに謝っておかなきゃならないことがある」

フォルテッシモは、この男にしては珍しく、やや沈痛な面持ちだ。

「おまえが〝危険対象〟だと統和機構に密告したのは、この俺だ」

「……え？」

ビートは、彼が何を言っているのかよく理解できなかった。

「おまえが〝カーメン〟に接近している、とな――いや、文句を言いたい気持ちはわかる。おまえに〝カーメン〟を探れと言ったのはこの俺なんだからな」

フォルテッシモは、ビートの眼に視線を固定したまま、決して逸らさない。

これは――本気の印だった。フォルテッシモは嘘をついているのでもなければふざけているのでもない。

つまり――今やこの目の前の〝最強〟もまた、ビートの敵になっているということだった。

「――――」

どうする――ビートは心の中で自問した。

どうすればいいのか？

フォルテッシモ相手に、いかなる策も無力だ。それはよく知っている。

それこそ〈超加速の鼓動《モルト・ヴィヴァーチェ》〉をもってしても、奴には勝てそうにない――だが、

（できることと言ったら、もうそれしか残ってねえ……！）

身体がずたずたになっている今、あんな負荷の掛かることが可能だろうか？　生命と引き替えでもできるかどうか――もしできたとしても、制御できるとはとても思えない。

（だが――）

だがやるしかなかった。他に策はまったくないのだ。その後どうなるか――それは運を天に任せるしかない。

ビートは懸命に、鼓動を高めていこうとした。

「なあ、ビート」

フォルテッシモはそんなビートの様子に気づいているのかいないのか、静かな調子で話しかけてくる。

「俺に命じられていた〝カーメン〟探索というのは、おまえが最初に倒した篠北周夫というおっさんのことだった――あの男には来生真希子という化け物《フィア・グール》に操られて、統和機構と戦う準備を進めていた過去があった――そういう意味では、おまえはもう任務自体はとっくに果たしていたんだよ」

「…………」

ビートの脳裡に、自分が殺したその篠北周夫の言葉が甦《よみがえ》る。

〝君には過ぎたことだ〟

〝死ぬことよりも恐ろしいこともこの世には存在する〟

カーメンについて訊ねたとき、彼はそう言っていた。それはつまり……今のこの状態のことだったのだろうか。分不相応《ぶんぶそうおう》なことに手を出したために何の希望もなく、何の未来もない、ただただ足掻くことしかできない、この状態――

「…………」

「いやいや、さすがにおまえは仕事が速いよ。本当に優秀だ」

フォルテッシモは肩をすくめて、苦笑してみせた。だがすぐに真顔に戻り、

「それにしても──あのリセットの攻撃を受けながらここまで逃げ続けられたのは大したものだ。能力や才能じゃあない──その生き延びようとする意志の強さに、俺は感心したよ」

と言葉を続ける。

「…………」

押し黙っているビートに、フォルテッシモは、

「普通なら、学校の辺りでとっくにあきらめているところだ。向こうが手加減していたかどうかはこの際問題じゃない……おまえがあくまでも前進しようとしたことに意味がある」

と囁く。その声はこれまで聞いたことのない調子を伴っていた。それはこの男からはこれまで聞いたことのないものだった。

「今さら、こんなことを言うのはなんなんだが──おまえはいいところまで行っているような気がする。もう少しで〝カーメン〟に出会える領域に入れるんじゃないか、と思っている」

（…………？）

なんだ──こいつ、何を言ってるんだ？

フォルテッシモは──どこか優しげな顔をしていた。

この男のこんな顔を、ビートはそれまで見たことがなかった。

「こいつはもう命令でもなければ依頼でもない――希望だ。おまえがこの過酷な運命《ディシプリン》から生き延びて〝カーメン〟に辿り着くことを、俺は願っているよ」

フォルテッシモは眼を閉じて、指先をかるく宙でつい、と振った。

「――――!」

ビートが戦慄《せんりつ》するよりも先に、彼の爪先がかろうじて引っかけていた足場が一瞬にして消え失せる。

がくん、と今度こそ停めてくれるものがなにもない落下が始まった。自分に掛けようとしていた鼓動も身体の安定と共に消し飛んでいく。

(――――)

ビートは奈落《ならく》の底に落ちていく。

6.

水の中に落ちた。水面はまるでコンクリートのように固く、全身の骨がばらばらになるかと思ったが、次の瞬間にはもう水中で急流に揉《も》まれていた。

流される。

身体中に力が入らない。ぐるぐるぐると回転しているのでどっちが上でどっちが下かもわからない。

あまりの混乱に文字通り、息をするのも忘れていたのが彼を救った。もし喉を一度でも動かしていたら、たちまち気管に水が詰まって溺死《できし》していただろう。

うねる流れが彼を、水面に吐き出す。

だが、相変わらず自由は何一つなく、彼の身体は落ち葉のようにあっちへ行きこっちへ行き、周囲の不断なる力に翻弄《ほんろう》されてくるくるくると回り続ける。

どれほど流されたか、百年も二百年も時が経ったような感覚があったが、実際にはそれは数分足らずの間のことに過ぎなかった。

流されていく彼の襟首を、誰かが摑んだ。

——ぐいっ、

と強引に引っ張られる。

浅瀬から、そのまま岸辺へと引きずりだされた。抵抗する力は今のビートにはもう残されていなかった。指一本とてまともに動かないのだ。

何ごとか、声がかけられるが耳に水が入っていてよく聞き取れない。すると頬を何度かはたかれた。

水が出たのかどうか定かでなかったが、聴覚は戻ってきた。

「……どう、生きてる？」

とやや高い、可愛らしい声で訊かれた。ハンディライトらしい絞り込んだ光に顔を照らされる。

一瞬まぶしさに眼が眩《くら》んだが、すぐに視覚も戻ってきた。

ビートは、ぼんやりと焦点の合わない眼で彼を水中から引きずりだしたそいつを見ようとした。

ニヤニヤ笑っているそいつは、秋荻高校の制服を着た少女だった。見覚えがあった。確か彼女は……

「さ……佐久間、ユリコ……？」

自信なさげに言うと、少女はニヤリとして、

「この女の名前は由香里よ。クラスメートの名前くらい覚えておきなさいよね」

と他人事のように言った。

いや、実際にその名前は彼女にとっては他人事なのだった。これに、ビートは思い当たる節があった。

「……おまえ――」

「ふふっ」

彼女は嫣然《えんぜん》と微笑む。それはどう見ても、その女子高生という外見の、その何倍もの広い世界を知っていて、常人の及びもつかない厳しい経験を積んでいなければできないという、そういう笑い方だった。

「――百面相《バールズ》のパール、か……？」

統和機構から脱走して、何年も逃げおおせている凄腕の、誰にでも化けられる能力を持つ合成人間――それが今、彼の目の前にいた。

「ひさしぶりね、ピート・ビート。昔、何度か一緒に任務についたこともあったわよね」

佐久間由香里の顔をしたパールは、ビートにうなずいて見せた。

「……どうして――」

ビートは訊ねようとするが、口がうまく動かない。その彼の言葉を先取りするようにパールの方から話し出した。

「このところ、ずっとあなたをマークさせてもらっていたわ。しっかし、大したもんねぇ。リセットとフォルテッシモ、よりによってあの二人に狙われて生き延びるとはね――」

彼女は彼にウインクしてみせた。

「いやいやどうして、大したタマだわ」

「………」

ビートは何と言っていいのかわからず、黙り込む。

パールはそんな彼にかまわず、さらに言葉を続ける。

「さて——あなたには今、二つの道が残されている。ひとつはこのまま私に殺されるか、それとも——我々の仲間になるか」

まるで〝明日のデートは映画にする？　それともスケートに行こうかしら？〟とでも言っているような気軽な口調だった。

「——〝ダイアモンズ〟か」

ビートはぽつりと呟いた。

それは、数ある反統和機構組織の中でも最近台頭してきた新興勢力の名だった。今、パールはその幹部になっているのだ。

「どっちにしろ、あなたはもう統和機構の抹殺対象に入っているんでしょう？　自殺志願者でもない限り、選ぶ必要もないわね」

冷ややかに言われる。

「…………」

「どうする？　あなた、死にたい？　別に無理に生き続けろなんてことは言わないわよ。とどめを刺して欲しいなら、そうしてあげるわよ、ん？」

淡々とした口振りである。

これは脅しているのではない。

このパールも、そしてビートも、その言葉が誠実さから出ることもある世界に生きてきたのだ。

生きていない方が幸せなこともあるという、そういう世界に。

「…………」

ビートは考えようとした。

だが、考えるべきことがなんなのかすら、今の彼には不明だった。

空を見上げた。

しかしそこには星ひとつない、黒灰色に濁った闇がただ茫洋《ぼうよう》と広がっているだけだった。

To Be Continued 〈BEAT'S DISCIPLINE〉 SIDE 2 "Fracture"

補足　*Afterwords*

……秋荻高校がこの世から消え去ってから、一週間ほど経ったある日のことである。

公立高校に編入されることになり、そこにもある程度慣れてきた少女、君恵は街を歩いていて、かつてのクラスメートを見かけた。

(あ——佐久間さんだわ)

それは、彼女がどこか憧れを抱いていた相手、佐久間由香里だった。きりっとしたイメージがあって、ハキハキものを言う彼女がうらやましかったのだ。

(どうしよう、声を掛けようかしら)

しかし自分の方はどちらかというと、色々なことをくよくよ考えすぎる傾向にあるうじうじしたタイプで、だからこそ彼女に憧れを持っていたのであるが、そんな自分が声を掛けたりしたら彼女は嫌がるのではないか——などと考えてしまう。

(え、えーと……)

彼女が困っていると、彼女が何かの拍子に顔をこっちに向けてきて、そして気がつかれた。

「あ！」

佐久間由香里は君恵を見ると、声をあげた。

「君恵？　君恵よね？」

彼女はこっちにやってきた。しかたなく、君恵の方も「ど、どうも」などと返事をして彼女の所に向かう。

「ひ、久しぶりね。元気だった？」

「うん、まあまあね。あなたも元気そうじゃない」

由香里は相変わらず、きりっとした表情をしている。君恵はなにかドキドキしてしまって、

「そ、それにしても驚いたわよね、学校がなくなっちゃったんだもの」

などとどうでもいいことを言った。すると由香里は「ああ」と曖昧《あいまい》な表情になり、

「なんか、私は実感ないわ」

とぼんやりとした口調で言った。彼女らしからぬ物言いに、君恵はとまどい、

「そ、そりゃそうでしょ。夜中いきなり電話が掛かってきたかと思うと学校が潰れたから来るなとか言われて。で、その後で行ったら本当に建物がなくなっているなんて、そりゃあ実感ないわよね」

とやや早口で言うと、由香里は頭を振った。

「いや——なんか、私、その辺のこと全然、なんていうか——」

記憶がない、と言いかけて、さすがに由香里はいきなりそんなことを君恵に言うのもなんだなと思った。そう、パールに取って代わられていた彼女は、学校が消え失せた辺りの記憶がまるでないのだった。朝、自宅のベッドで起きたら、もう通う学校が変わっていたのである。

いや、学校がなくなったことは知識としてはあるのだが、それはパールによって睡眠学習で刷り込まれたものにすぎないので、彼女には何の実感もないのだ。

「どうかしたの？」

君恵が不安そうな顔で由香里を見ている。

そうだ、たしか由香里はかつて、この娘のこういう表情がすこし嫌いだったのだ。なんだかすがるような、見ているとイライラするような気がしていたのである。しかし――

（今は、どうして自分がそんな感じを持っていたのか全然わからないわ）

自分がひどく馬鹿だったような気しかしない。どうしてそういう変化が起きたのか、彼女は思い出せなかったが、しかし、自分にはなにか気に掛かっていることがあったはずだと思った。

「なんでもないわ。なんか混乱しているの」

「そう、そうよね。混乱もするわ」

君恵はほっとしたような顔になった。

二人はそのまま、それぞれの新しい学校の話などをした。

「他の人がどこに行ったかとか、わかる？」

由香里はなんとなくそう言った。

「わかる人もいるけど、わかんない人の方が多いわ」

君恵は寂しそうに言った。

「あのさ、あの……朝子はどこに行ったか知ってる？」

「浅倉さん？　――いや、そう言えば、学校がああなってから一度も顔を見なかったわね。でもどこかに引っ越したって話よ」

「そう――」

「浅倉さんがどうかしたの？」

「いや、別にどうしたって訳でもないんだけど――」

なにか浅倉朝子が言ってくれたかしてくれたことで、自分がすごくすっきりしたような気がするのだ。それがなんなのか思い出せないのだが、そう、そのことは確かな実感として残っているのである。

「浅倉さんていい人だったわね。委員長だったからってだけじゃなくて、親切だったし」

君恵がしみじみと言った。それはもう、過去の話だというニュアンスを含んでいた。

そうだな、と由香里も思った。秋荻高校にまつわることは、もう過去になってしまったのだ。

でも、自分にはまだなにかやり残したことがあると思った。それがなんなのか思い出せないが――。

「あれ、佐久間さん、落ち葉が髪についてるわよ」

君恵が手を伸ばし、由香里の後頭部の辺りについていた銀杏《いちょう》の葉を取ってあげた。

「ああ、ありがと。ごめんなさいね――」

と由香里はかるく言いかけて、はっ、とした。

「ご、ごめん――なさい」

囁くように繰り返す。

そうだ――と思った。

なんのことだかさっぱりわからないが――自分はこの少女にその言葉を言いたかったのだと、今やっとわかった。

「え？　な、なにが？」

君恵の方は戸惑っている。

「なんでもないの――なんでもないんだけど――でも、ごめんね。うん、そうよ、私、あなたにあやまりたかったんだわ」

由香里はなんだかスッキリしてしまって、さばさばした表情に戻っていた。

「あなたに、なにか、されてたっけ？」

君恵はきょとんとしている。

こうしてひとつの、ささやかな葛藤《かっとう》は終わりを告げた。

……その様子を少し離れたところから見ている、二つの人影があった。

一人は背の高い男で、一人は少女だ。

「——どうしたんだ？」

男は少女に声を掛ける。

「あの二人を見ているようだが——知り合いか？」

「ええ——」

少女の方は、ひどく遠いものを見ているような表情である。

「あの二人、仲直りできたみたいだわ。よかった——」

「挨拶ぐらいならしていってもかまわないと思うが」

「ううん」

少女は首を振った。

「いいのよ、もう——いいんです。行きましょう、イナズマさん。待っているんでしょう、その人が——」

少女——浅倉朝子は、山から下りてきたその男〝提案者〟と、これから会わなくてはならないのだった。

正直、不安はある。だがある男の子のことを思うと、自分ばかりが怯えているわけにはいかないという気分になれる。

(でも世良くん――いいえ、ビートくん。あなたは今、どこにいるのかしら?)

いずれ、私と彼はまた会うことになる……彼女は何故か知らないが、そう確信していた。それはおそらく彼女と彼にそれぞれ与えられた試練の中でのことに違いない。決して穏やかなものではない、過酷な運命の一齣《ひとこま》となるだろう。そんなに遠くない日に――きっと。

崩壊のビートが聞こえない限り。

目覚めるにはまだ、少しばかりの時間が必要。

――――――オアシス〈モーニング・グローリー〉

あとがき――過失をするは我にあり

人はなぜ間違いを犯すのだろうか？　なにも明確に「あーっ間違えた！」というようなミステイクではなく、気がついたらなんだかうまくない事態に陥ってしまっていたような間違いは、自分ではどうやって防いだらいいのかわからないので途方に暮れてしまう。自分は正しいことしかしていないつもりでも、周りがほとんど全部その正しさなんか気にしてくれないと、やっぱり間違いをしでかす。たとえば「車は左側通行だ、よし」と思っていたとしても、そこが外国で右側通行だったりしたら思いっきり正面衝突になる。その場合周囲のことを前もって知らなくてはならないわけだが、どこまで知っていれば〝安心〟ということになるのか、それをどうやって判断すればいいのだろう？　この世には法律というものがあって「これは間違いです」と色々定めてあるのだが、あなた六法全書全部知ってますか。知らないのなら何が間違いで、何が間違いじゃないかわかっていないんじゃありませんか。それにどうやらこの世には常識とか世間様とか流行とかいう得体の知れぬ決まり事も色々あるらしいし。全部わかってます？　一体どうやっててめえが間違いを犯さないようにしてるんですか皆さん。俺は困ってるぞ。

だいたい、周りのことを全部わかってから何かしようとしたって、そんなのは膨大《ぼうだい》すぎる。無理である。でもやっぱり知っておくべきことの基本、心のよりどころは欲しい。あんまり世界のことを知らない稚《わか》いうちに、多少適当に選んだものであっても、これさえ押さえておけば大丈夫だと己に言い聞かせているようなものが誰にでもあるはずだ。そう、要するに人の信念とか信仰とか正義とかは、結局はそういうもののことじゃないかと思ったりする。「間違いたくねえなあ」その気持ちからすべては始まっているような。しかし往々にしてそれは人それぞれバラバラな形をしていて、その思いこみ自体が対立という名の別の大きな間違いにつながってしまったりする。この世には安心できる基準というものが存在しないのだろうか？

——うん、とか。そう、存在しない。少なくとも私が周りではとてもではないが、色々なことはそれぞれ矛盾しあっていてコレで正しいと言いうるものなど何もない。そうとしか思えない。では間違いを犯さずに生きていくことはできないのか？　——うん。できないと思う。じゃあ何もかもが間違いで、この世には誤りしか存在しないのか、と訊かれると、ここで私はハタと気がつくのである。誤りしか存在しないのなら、どうして自分自身に「間違えると嫌だなあ」なんていう気持ちがあるのだろうか？　全部間違いだったら、その中で何が間違いかなんて考える必要もないはずなのに、どうして？（しかし〝？〟の多い文章だ）

結局は、自分自身がどう思うかという問題に全部弾ね返ってくるような感じがする。ヨソから正しいとされることも、実感できないとそれは〝正しい〟ことにはならない。だが世の中は、人が一々「ちょっと待って、実感できるかどうか考えてみるから」と言うのを許さず速く流れていってしまう。だから——気がつくと間違いをいつのまにか犯してしまっている。しかしおそらく、ここで怯んではいけないのだ。「どうせ間違えるんだ」などと開き直ってしまえば楽みたいだが、それは「間違えちゃった……嫌だなあ」という気持ちがつきまとうことでもある。それが出発点なんだから解放されることはない。ある武術家は「周り中すべて敵でなく師」と言ったそうだが、もしかすると人生で出喰わし続ける間違いという奴もそうなのかも知れない。それに対して自分はどう思うのか、生きていくということはそういうものと遭遇《そうぐう》し続けることなのかも知れない。それで答えが出るか出ないか、そんなことはこれまでの歴史で一度も証明されていないと思うが、しかしそれを決めるのもやっぱり自分自身の胸の裡《うち》にしかないんだろうなあ。胸の鼓動に手を当てて考えてみろ、ですか。試練だなあ。強引ですけど、以上。

(しかしおまえ自身は、なんでもこうやって一人合点することが間違いなんじゃないのか)

(…………。ま、まあいいじゃん)

BGM “Look at Yourself” by URIAH HEEP

＜初出一覧＞

第一話「拝命と復讐」
phase1 "commanded & avenge"……… 電撃hp⑨

第二話「追悼と動揺」
phase2 "funeral & shakiness"………… 電撃hp⑩

第三話「成長と偶然」
phase3 "improvement & accident"…… 電撃hp⑪

第四話「静止と油断」
phase4 "fixed & careless"……………… 電撃hp⑫

第五話「距離と迂回」
phase5 "distance & roundabout"……… 電撃hp⑭

第六話「無明と暗黒」
phase6 "starless & bible-black"………… 電撃hp⑮

◉上遠野浩平著作リスト

「ブギーポップは笑わない」（電撃文庫）
「ブギーポップ・リターンズ　VSイマジネーターPart1」（同）
「ブギーポップ・リターンズ　VSイマジネーターPart2」（同）
「ブギーポップ・イン・ザ・ミラー「パンドラ」」（同）
「ブギーポップ・オーバードライブ　歪曲王」（同）
「夜明けのブギーポップ」（同）
「ブギーポップ・ミッシング　ペパーミントの魔術師」（同）
「ブギーポップ・カウントダウン　エンブリオ浸蝕」（同）
「ブギーポップ・ウィキッド　エンブリオ炎生」（同）
「冥王と獣のダンス」（同）
「ブギーポップ・パラドックス　ハートレス・レッド」（同）
「ブギーポップ・アンバランス　ホーリィ&ゴースト」（同）
「ぼくらは虚空に夜を視る」（徳間デュアル文庫）
「わたしは虚夢を月に聴く」（同）
「殺竜事件」（講談社NOVELS）
「紫骸城事件」（同）

本書に対するご意見、ご感想をお寄せください。

■

あて先

〒101-8305 東京都千代田区神田駿河台1-8 東京YWCA会館
メディアワークス電撃文庫編集部
「上遠野浩平先生」係
「緒方剛志先生」係

■

電撃文庫

ビートのディシプリン

SIDE1

上遠野《かどの》浩平《こうへい》

発行　二〇〇二年三月二十五日　初版発行

発行者　佐藤辰男

発行所　株式会社メディアワークス
〒一〇一-八三〇五　東京都千代田区神田駿河台一-八
東京YWCA会館
電話〇三-五二八一-五二〇七（編集）

発売元　株式会社角川書店
〒一〇二-八一七七　東京都千代田区富士見二-十三-三
電話〇三-三二三八-八六〇五（営業）

装丁者　荻窪裕司（META＋MANIERA）

印刷・製本　加藤製版印刷株式会社

落丁・乱丁本はお取り替えいたします。
定価はカバーに表示してあります。

ISBN4-8402-2056-5 C0193

電撃文庫創刊に際して

文庫は、我が国にとどまらず、世界の書籍の流れのなかで〝小さな巨人〟としての地位を築いてきた。古今東西の名著を、廉価で手に入りやすい形で提供してきたからこそ、人は文庫を自分の師として、また青春の想い出として、語りついできたのである。

その源を、文化的にはドイツのレクラム文庫に求めるにせよ、規模の上でイギリスのペンギンブックスに求めるにせよ、いま文庫は知識人の層の多様化に従って、ますますその意義を大きくしていると言ってよい。

文庫出版の意味するものは、激動の現代のみならず将来にわたって、大きくなることはあっても、小さくなることはないだろう。

「電撃文庫」は、そのように多様化した対象に応え、歴史に耐えうる作品を収録するのはもちろん、新しい世紀を迎えるにあたって、既成の枠をこえる新鮮で強烈なアイ・オープナーたりたい。

その特異さ故に、この存在は、かつて文庫がはじめて出版世界に登場したときと、同じ戸惑いを読書人に与えるかもしれない。

しかし、〈Changing Time, Changing Publishing〉時代は変わって、出版も変わる。時を重ねるなかで、精神の糧として、心の一隅を占めるものとして、次なる文化の担い手の若者たちに確かな評価を得られると信じて、ここに「電撃文庫」を出版する。

1993年6月10日
角川歴彦

電撃文庫

ブギーポップは笑わない
上遠野浩平
イラスト／緒方剛志
ISBN4－8402－0804－2
第4回ゲーム小説大賞〈大賞〉受賞作。上遠野浩平が描く、一つの奇怪な事件と、五つの奇妙な物語。少女がブギーポップに変わる時、何かが起きる――。
か-7-1 0231

ブギーポップ・リターンズ VSイマジネーターPart1
上遠野浩平
イラスト／緒方剛志
ISBN4－8402－0943－X
第4回電撃ゲーム小説大賞〈大賞〉受賞の上遠野浩平が書き下ろす、スケールアップした受賞後第1作。人の心を惑わすイマジネーターとは一体何者なのか……。
か-7-2 0274

ブギーポップ・リターンズ VSイマジネーターPart2
上遠野浩平
イラスト／緒方剛志
ISBN4－8402－0944－8
緒方剛志の個性的なイラストが光る〝リターンズ〟のパート2。人知を超えた存在に翻弄される少年と少女。ブギーポップは彼らを救うのか、それとも……。
か-7-3 0275

ブギーポップ・イン・ザ・ミラー「パンドラ」
上遠野浩平
イラスト／緒方剛志
ISBN4－8402－1035－7
ブギーポップ・シリーズ感動の第3弾。未来を視ることが出来る6人の少年少女。彼らの予知にブギーポップが現れた時、運命の車輪は回りだした……。
か-7-4 0306

ブギーポップ・オーバードライブ 歪曲王
上遠野浩平
イラスト／緒方剛志
ISBN4－8402－1088－8
ブギーポップ・シリーズ待望の第4弾。ブギーポップと歪曲王、人の心に棲む者同士が繰り広げる、不思議な闘い。歪曲王の意外な正体とは――？
か-7-5 0321

電撃文庫

夜明けのブギーポップ
上遠野浩平
イラスト／緒方剛志
ISBN4－8402－1197－3

「電撃hp」の読者投票で第1位を獲得した、ブギーポップ・シリーズの第5弾。異形の視点から語られる、ささやかで不可思議な、ブギー誕生にまつわる物語。

か-7-6　0343

ブギーポップ・ミッシング ペパーミントの魔術師
上遠野浩平
イラスト／緒方剛志
ISBN4－8402－1250－3

軌川十助――アイスクリーム作りの天才。ペパーミント色の道化師。そして〝失敗作〟。ブギーポップが〝見逃した《ミッシング》〟この青年の正体とは……。

か-7-7　0367

ブギーポップ・カウントダウン エンブリオ浸蝕
上遠野浩平
イラスト／緒方剛志
ISBN4－8402－1358－5

人の心に浸蝕し、尋常ならざる力を覚醒させる存在〝エンブリオ〟。その謎を巡って繰り広げられる、熾烈な戦い。果たしてブギーポップは誰を敵とするのか――。

か-7-8　0395

ブギーポップ・ウィキッド エンブリオ炎生
上遠野浩平
イラスト／緒方剛志
ISBN4－8402－1414－X

謎のエンブリオを巡る、見えぬ糸に操られた人々の物語がここに完結する。宿命の二人が再び相まみえる時、その果てに待つのは地獄か未来か、それとも――。

か-7-9　0420

ブギーポップ・パラドックス ハートレス・レッド
上遠野浩平
イラスト／緒方剛志
ISBN4－8402－1736－X

九連内朱巳、ミセス・ロビンソン、霧間凪そしてブギーポップ。謎の能力を持つ敵を4人が追う。恋心が〝心のない赤《ハートレス・レッド》〟に変わるとき少女は何を決断するのか？

か-7-11　0521

電撃文庫

ブギーポップ・アンバランス ホーリィ&ゴースト
上遠野浩平
イラスト／緒方剛志

ISBN4−8402−1896−X

偶然出会った少年と少女。彼らこそが、伝説の犯罪者〝ホーリィ&ゴースト〟であった。世界の敵を解放しようとした二人は、遂に死神と対面するが——。

か-7-12　0583

ビートのディシプリン SIDE1
上遠野浩平
イラスト／緒方剛志

ISBN4−8402−2056−5

電撃hp連載の人気小説、待望の文庫化。謎の存在〝カーメン〟の調査を命じられた合成人間ピート・ビート。だがそれは厳しい試練《ディシプリン》の始まりだった——。

か-7-13　0645

冥王と獣のダンス
上遠野浩平
イラスト／緒方剛志

ISBN4−8402−1597−9

〝ブギーポップ〟の上遠野浩平が描く、ひと味違う個性派ファンタジー。戦場で出会った少年兵士と奇蹟使いの少女。それは世界の運命を握る出来事だった——。

か-7-10　0469

陰陽ノ京《みやこ》
渡瀬草一郎
イラスト／田島昭宇

ISBN4−8402−1740−8

時は平安、一介の文章生である慶滋保胤のもとに安倍晴明が訪ねてきた。彼の依頼は最近都に現れた外法師の調査であったが…。第7回電撃ゲーム小説大賞〈金賞〉受賞作!

わ-4-1　0525

陰陽ノ京《みやこ》 巻の二
渡瀬草一郎
イラスト／酒乃 渉

ISBN4−8402−2033−6

人の命の二つの要素——〝魂〟と〝魄〟。その片方を盗まれた貴族を救うため、保胤と晴明が動き出す! 第7回電撃ゲーム小説大賞〈金賞〉受賞シリーズ第2弾。

わ-4-5　0633